DOIS GAROTOS SE BEIJANDO

Outras obras do autor publicadas pela Galera Record

Nick e Norah: uma noite de amor e música, com Rachel Cohn
Todo dia
Will & Will: um nome, um destino, com John Green
Invisível, com Andrea Cremer
Garoto encontra garoto
Dois garotos se beijando

DAVID LEVITHAN

DOIS GAROTOS SE BEIJANDO

tradução de REGIANE WINARSKI

3ª edição

RIO DE JANEIRO
2021

CIP-BRASIL. CATALOGAÇÃO-NA-FONTE
SINDICATO NACIONAL DOS EDITORES DE LIVROS, RJ

Levithan, David

L647d   Dois garotos se beijando / David Levithan; tradução
3ª ed.   Regiane Winarski. – 3. ed. – Rio de Janeiro: Galera
Record, 2021.

Tradução de: Two boys kissing
ISBN 978-85-01-10209-6

1. Ficção americana. I. Winarski, Regiane. II. Título.

14-16729   CDD: 813
CDU: 821.111(73)-3

Título original em inglês:
Two boys kissing

Copyright © 2013 by David Levithan

Todos os direitos reservados. Proibida a reprodução,
no todo ou em parte, através de quaisquer meios.
Os direitos morais do autor foram assegurados.

Texto revisado segundo o novo Acordo Ortográfico da Língua Portuguesa.

Composição de miolo: Abreu's System

Direitos exclusivos de publicação em língua portuguesa somente para o
Brasil adquiridos pela
EDITORA RECORD LTDA.
Rua Argentina, 171 – Rio de Janeiro, RJ – 20921-380 – Tel.: 2585-2000,
que se reserva a propriedade literária desta tradução.

Impresso no Brasil

ISBN 978-85-01-10209-6

Seja um leitor preferencial Record.
Cadastre-se e receba informações sobre nossos
lançamentos e nossas promoções.

Atendimento e venda direta ao leitor:
sac@record.com.br.

Por motivos muito diferentes,
este livro não existiria sem

Robert Levithan,
Matty Daley
e
Michael Cart

Minha dedicatória é para os três.

Vocês não têm como saber como é para nós agora; sempre estarão um passo atrás.

Agradeçam por isso.

Vocês não têm como saber como era para nós antes; sempre estarão um passo à frente.

Agradeçam por isso também.

Acreditem em nós: existe um equilíbrio quase perfeito entre o passado e o futuro. Enquanto nos tornamos o passado distante, vocês se tornam um futuro que poucos de nós poderiam ter imaginado.

É difícil pensar em coisas assim quando se está ocupado sonhando ou amando ou transando. O contexto some. Somos um peso espiritual que vocês carregam, como o dos seus avós ou dos amigos de infância que em algum momento se mudaram para longe. Tentamos tornar o peso o menos incômodo possível. E, ao mesmo tempo, quando vemos vocês, não conseguimos deixar de pensar em nós. Já fomos os que estavam sonhando e amando e transando. Já fomos os que estavam vivendo, e depois fomos os que estavam morrendo. Nós nos costuramos, com a grossura de uma linha, nas suas histórias.

Houve uma época em que éramos como vocês, só que nosso mundo não era como o seu.

Vocês não fazem ideia do quanto chegaram perto da morte. Uma geração ou duas antes, e vocês talvez estivessem aqui conosco.

Nós nos ressentimos de vocês. Vocês nos deixam pasmos.

São 8h07 de uma noite de sexta-feira, e Neil Kim está pensando em nós. Ele tem 15 anos e está indo a pé para a casa de seu namorado, Peter. Eles estão juntos há um ano, e Neil começa refletindo sobre como parece ser bastante tempo. Desde o começo, todos dizem que não vai durar. Mas agora, mesmo que não dure para sempre, parece que durou o bastante para ser importante. Os pais de Peter tratam Neil como um segundo filho, e, apesar de os pais de Neil ainda ficarem alternadamente confusos e perturbados, eles não trancaram nenhuma das portas.

Neil está com dois DVDs, duas garrafas de Dr. Pepper diet, massa de biscoito para assar e um livro de poemas na mochila. Isso, e Peter, é tudo de que ele precisa para se sentir um cara de sorte. Mas aprendemos que sorte na verdade faz parte de uma equação invisível. A dois quarteirões da casa de Peter, Neil tem um vislumbre disso e é tomado de uma sensação de gratidão profunda e sem nome. Ele percebe que parte da sorte que tem é por sua posição na história e pensa brevemente em nós, os que vieram antes. Não somos nomes nem rostos para ele; somos uma abstração, uma força. A gratidão dele é uma coisa rara; é muito mais provável que um garoto sinta gratidão pelo Dr. Pepper diet do que por estar vivo e com saúde, por ser capaz de caminhar até a casa do namorado aos 15 anos sem nenhuma dúvida de que é a coisa certa a se fazer.

Ele não faz ideia do quanto é lindo ao caminhar pela entrada e tocar a campainha. Ele não faz ideia do quanto o comum fica lindo depois que desaparece.

Se você é adolescente agora, é improvável que tenha nos conhecido bem. Somos seus tios sombra, seus padrinhos anjos, o melhor amigo da sua mãe ou da sua avó da faculdade, o autor daquele livro que você encontrou na seção gay da biblioteca. Somos os personagens em uma peça de Tony Kushner ou nomes em uma colcha que raramente é usada. Somos os fantasmas da geração mais velha que sobrou. Você conhece algumas das nossas músicas.

Não queremos assombrar você com melancolia demais. Não queremos que nosso legado seja *gravitas*. Você não iria querer viver sua vida assim, e também não vai querer ser lembrado assim. Seu erro seria ver nossa semelhança em nossa morte. A parte da vida foi mais importante.

Nós te ensinamos a dançar.

É verdade. Olhem para Tariq Johnson na pista de dança. É sério, olhem para ele. Um metro e noventa de altura, 82 quilos, e tudo isso pode ser convertido pela roupa certa e pela música certa em um amontoado de alegria alheia a tudo. (O corte de cabelo certo também ajuda.) Ele trata o corpo como se fosse feito de fogos de artifício, cada um sincronizado com a batida. Ele está dançando sozinho ou com todo mundo no salão? Eis o segredo: não importa. Ele viajou por duas horas para chegar à cidade, e, quando tudo acabar, vai levar mais duas horas para chegar em casa. Mas vale a pena. A liberdade não é só uma questão de votar e casar e beijar na rua, embora todas essas coisas sejam importantes. A liberdade também é uma questão do que você vai se permitir fazer. Observamos Tariq quando está na aula de espanhol, desenhando mapas imaginários no caderno. Observamos Tariq quando está no refeitório, lançando olhares velados para os garotos mais velhos. Observamos Tariq quando coloca as roupas na cama e cria o contorno da pessoa que ele será esta noite. Passamos anos fazendo essas coisas. E era isso que esperávamos com ansiedade, a mesma coisa que Tariq espera com ansiedade. Essa libertação.

A música não é muito diferente agora do que era quando nós íamos para a pista de dança. Isso quer dizer alguma coisa. Encontramos uma coisa universal. Engarrafamos esse desejo e o soltamos nas ondas sonoras. O som bate nos seus corpos e vocês se movem.

Estamos nessas partículas que enviamos para vocês. Estamos naquela música.

Dance para nós, Tariq.

Sinta-nos na sua liberdade.

* * *

Foi uma ironia delicada: quando paramos de querer nos matar, começamos a morrer. Quando estávamos sentindo força, ela foi tirada de nós.

Isso não deve acontecer com vocês.

Adultos podem falar o quanto quiserem sobre os jovens se sentirem invencíveis. É claro que alguns de nós tinham essa ousadia. Mas havia também uma voz interior nos dizendo que estávamos condenados. E estávamos condenados. E não estávamos.

Vocês nunca devem se sentir condenados.

São 8h43 da mesma noite de sexta-feira, e Cooper Riggs não está em lugar nenhum. Está no quarto, sozinho, e parece ser lugar nenhum. Ele poderia estar fora do quarto, cercado de pessoas, mas a sensação ainda seria a de lugar nenhum. O mundo aos olhos dele é insípido e chato. Todas as sensações vazaram dele, e sua energia escapa pelos corredores movimentados de sua mente, provocando um barulho furioso e frustrado. Ele está sentado na cama e está lutando dentro de si mesmo, e a única coisa que consegue pensar em fazer é entrar na internet, porque a vida lá é tão insípida quanto a vida real, mas sem as expectativas da vida real. Ele só tem 17 anos, mas online pode ter 22, 15, 27. O que a outra pessoa quiser. Ele tem perfis falsos, fotos falsas, dados falsos e histórias falsas. As conversas são basicamente falsas também, cheias de flertes que ele nunca vai levar até o fim, de pequenas centelhas que nunca vão virar fogo. Ele não vai admitir, mas está procurando as surpresas de uma coisa genuína. Ele abre sete sites ao mesmo tempo para manter a mente ocupada, para fingir para si mesmo que saiu do lugar nenhum, mesmo ainda se sentindo em lugar nenhum. Ele fica tão perdido na busca que nada mais parece importar, e o tempo perde o valor e deve ser usado em coisas sem valor.

Sabemos que alguns de vocês ainda sentem medo. Sabemos que alguns de vocês ainda estão em silêncio. Só porque está melhor agora não quer dizer que é sempre bom.

Sonhar e amar e transar. Nenhuma dessas coisas é uma identidade. Talvez quando as outras pessoas olham para nós, mas não para nós mesmos. Somos muito mais complicados do que isso.

Queríamos poder oferecer a vocês um mito de criação, um motivo exato para explicar por que vocês são como são, por que, quando lerem esta frase, vão saber que é sobre vocês. Mas não sabemos como começou. Mal entendemos na época que soubemos. Pensamos em tudo que aprendemos, mas essas coisas juntas não preenchem o espaço de uma vida.

Vocês vão sentir saudade do gosto de Froot Loops.

Vocês vão sentir saudade do som do trânsito.

Vocês vão sentir saudade de suas costas encostadas nas dele.

Vocês vão até sentir saudade dele puxando seu lençol.

Não ignorem essas coisas.

* * *

Nós não tínhamos a internet, mas tínhamos uma rede. Não tínhamos websites, mas tínhamos locais onde esticar nossa rede. Dava para ver melhor nas cidades grandes. Mesmo alguém tão jovem quanto Cooper, tão jovem quanto Tariq, era capaz de encontrar. Píeres e cafés. Locais no parque e livrarias onde Wilde, Whitman e Baldwin reinavam como reis bastardos. Esses eram portos seguros, mesmo quando tínhamos medo de que sermos abertos demais significava que estávamos nos abrindo para um ataque. Nossa felicidade tinha desafio, e nossa felicidade tinha medo. Às vezes havia anonimato, às vezes você estava cercado de amigos e amigos de amigos. Fosse como fosse, você estava conectado. Por seus desejos. Por seus desafios. Pelo simples e complicado fato de quem você era.

Fora das cidades grandes, as conexões eram mais difíceis de se ver, a rede era mais fina, os locais eram mais difíceis de encontrar. Mas estávamos lá. Mesmo que achássemos que éramos os únicos, estávamos lá.

Poucas coisas podem nos deixar tão felizes quanto um baile gay.

Neste momento, às 21h03 daquela sexta-feira, estamos em uma cidade com o nome improvável de Kindling, ou seja, "gravetos"; sem dúvida os pioneiros tinham um desejo de morte ardente, ou talvez fosse apenas um tributo aos gravetos em chamas que mantiveram os colonizadores vivos. Em algum ponto do caminho, alguém deve ter aprendido a lição do terceiro porquinho, pois o centro comunitário é todo construído de tijolos. É um prédio sem graça e silencioso em uma cidade sem graça e silenciosa; sua arquitetura é tão bonita quanto a palavra *municipal*. É um local improvável para um garoto de cabelo azul e um garoto de cabelo rosa se encontrarem.

Kindling não tem adolescentes gays suficientes para terem um baile próprio. Assim, esta noite, os carros chegam de todos os lugares. Alguns dos casais chegam juntos, rindo ou brigando ou sentados em seus silêncios separados. Alguns dos garotos chegam sozinhos; saíram sorrateiros de casa, ou vão se encontrar com amigos no centro comunitário, ou viram a lista online e decidiram ir no último minuto. Há garotos de smoking, garotos decorados com flores, garotos de moletons rasgados, garotos de gravatas estreitas como as pernas das calças jeans, garotos de vestidos irônicos de tafetá, garotos de vestidos não irônicos de tafetá, garotos de camisetas com gola V, garotos que se sentem estranhos usando sapatos sociais. E garotas... garotas usando todas essas coisas, indo para o mesmo lugar.

Se fomos aos nossos bailes de escola, fomos com garotas. Alguns de nós se divertiram; alguns olharam para trás anos depois e se perguntaram como conseguimos ser tão alheios a quem somos realmente. Alguns de nós conseguiram ir juntos, com nossas melhores amigas se passando por nossos pares. Fomos convidados para esse ritual, mas só se sustentássemos a história de nossos supervisores. Era mais provável que Neil Armstrong nos convidasse para um baile na lua do que podermos ir a um baile como o que acontece em Kindling esta noite.

Quando estávamos no ensino médio, o cabelo existia no espectro sem graça de preto/castanho/ruivo/louro/grisalho/branco. Mas esta noite, em Kindling, temos Ryan chegando ao centro comunitário com o cabelo tingido de azul-turquesa. Dez minutos depois, Avery chega com o cabelo rosa da cor de um Cadillac da Mary Kay. O cabelo de Ryan é espetado como a superfície de um mar agitado, enquanto o de Avery cai delicadamente sobre os olhos. Ryan é de Kindling e Avery é de Marigold, uma cidade a 65 quilômetros de distância. Percebemos imediatamente que eles não se conhecem, mas que vão se conhecer.

Não somos unânimes quanto ao cabelo. Alguns de nós acham que é ridículo ter cabelo azul ou rosa. Outros desejam poder voltar no tempo para fazer o cabelo imitar a gelatina que nossas mães serviam à tarde.

Raramente somos unânimes em relação a alguma coisa. Alguns de nós amaram. Alguns não conseguiram. Alguns foram amados. Alguns não foram. Alguns nunca entenderam para que tanta confusão. Alguns queriam tanto que morreram tentando. Alguns juram que morreram de coração partido, não de AIDS.

Ryan entra no baile, e Avery entra dez minutos depois. Sabemos o que vai acontecer. Já testemunhamos essa cena tantas vezes antes. Só não sabemos se vai dar certo, nem se vai durar.

Pensamos nos garotos que beijamos, nos garotos com quem transamos, nos garotos que amamos, nos garotos que não retribuíram nosso amor, nos garotos que estavam conosco no final, nos garotos que estavam conosco depois do final. O amor é tão doloroso; como podemos desejar para alguém? E o amor é tão essencial; como podemos atrapalhar o progresso dele?

Ryan e Avery não nos veem. Eles não nos conhecem, não precisam de nós nem nos sentem no salão. Eles nem veem um ao outro até se passarem vinte minutos de baile. Ryan vê Avery por cima da cabeça de um garoto de 13 anos usando (é verdade, tão gay) suspensórios de arco-íris. Ele vê primeiro o cabelo de Avery, depois Avery. E Avery ergue o olhar naquele mesmo momento e vê o garoto de cabelo azul olhando para ele.

Alguns de nós aplaudem. Outros afastam o olhar, porque dói demais.

Sempre subestimamos nossa participação na magia. Isso quer dizer que pensávamos na magia como uma coisa que existia independente de nós. Mas não é verdade. As coisas não são mágicas porque foram conjuradas para nós por uma força externa. Elas são mágicas porque nós as criamos e as consideramos assim. Ryan e Avery vão dizer que o primeiro momento em que se falaram, o primeiro momento em que dançaram, foi mágico. Mas foram eles, mais ninguém e mais nada, que deram magia ao momento. Nós sabemos. Nós estávamos lá. Ryan se abriu para o momento. Avery se abriu para o momento. E o ato de se abrir era tudo de que eles precisavam. *Essa* é a magia.

Concentração. O garoto de cabelo azul lidera. Sorri ao pegar a mão do garoto de cabelo rosa. Ele sente aquilo que sabemos: o sobrenatural é natural, e o milagre pode vir do movimento mais mundano, como um batimento de coração ou um olhar. O garoto de cabelo rosa está com medo, com tanto medo; só aquilo que você mais desejou pode assustar daquela maneira. Escutem os batimentos deles. Prestem atenção.

Agora, afastem-se. Vejam os outros adolescentes na pista de dança. Os desajustados à vontade, os rebeldes rasgados, os medrosos e os corajosos. Dançando ou não. Conversando ou não. Mas todos no mesmo salão, no mesmo lugar, se reunindo de uma forma que não podíamos fazer antes.

Afastem-se mais um pouco. Estamos olhando de longe. Digam oi se vocês nos veem.

O silêncio é igual à morte, nós dizíamos. E por baixo disso havia a suposição, o medo de que a morte fosse igual ao silêncio.

Às vezes, você vislumbra esse horror. Quando alguém próximo fica doente. Quando alguém próximo é enviado para a guerra. Quando alguém próximo tira a própria vida.

Todos os dias, um novo enterro. Era uma parte tão grande de nossa existência. Imagine estudar em uma escola em que um aluno morre a cada dia. Alguns deles, seus amigos. Alguns deles só garotos que por acaso são da sua turma. Você continua indo porque sabe que tem que ir. Você se torna o guardião da lembrança, e também o guardião da dor, até ser sua vez de morrer, de fazerem luto por você.

Vocês não fazem ideia do quanto as coisas podem mudar rápido. Vocês não fazem ideia de como, de repente, os anos podem passar e as vidas podem terminar.

A ignorância não traz felicidade. Felicidade é saber o significado total do que se recebeu.

São 10h45. Craig Cole e Harry Ramirez estão planejando seu grande beijo. Meses de preparação levaram a esse beijo, e aqui estão eles, na noite de véspera. A maioria dos beijos exige apenas duas pessoas, mas esse vai acabar precisando de pelo menos doze. Nenhuma dessas pessoas está no aposento agora. Só Craig e Harry.

— Vamos mesmo fazer isso? — pergunta Craig.

— Claro que vamos — responde Harry.

Eles sabem que precisam dormir. Sabem que amanhã é um grande dia. Sabem que não dá para voltar atrás, e também que não há garantia de que vão conseguir.

Eles deveriam estar indo dormir, mas a boa companhia é inimiga do sono. Lembramos tão bem esse sentimento: o desejo de alongar as horas com outra pessoa, conversando ou abraçando ou mesmo só assistindo a um filme. Nesses momentos, o relógio parece arbitrário, pois você está regulando sua compreensão do tempo em uma outra medida, mais pessoal.

Eles estão na casa de Harry. Os pais dele saíram e o cachorro já está dormindo. Como a casa parece deles, o mundo também parece deles. Por que se quereria fechar os olhos para isso?

Eles estão na casa de Harry porque os pais de Craig não podem saber sobre o beijo. Em algum momento, saberão. Mas não agora. Não antes de acontecer.

Em algum momento, Harry vai deixar Craig encolhido no sofá. Vai cobrir Craig, depois voltar na ponta dos pés para seu quarto. Eles estarão em lugares separados, mas terão sonhos muito similares.

Sentimos saudade da sensação de sermos cobertos na cama, assim como sentimos saudade da sensação de ser aquele anjo que paira, coloca o cobertor sobre os ombros do outro e deseja uma boa noite. Essas são as camas que queremos lembrar.

Estamos animados para o beijo amanhã. Não vemos como eles vão conseguir fazer, mas esperamos que consigam.

Avery do cabelo rosa nasceu um garoto que o resto do mundo via como garota. Conseguimos entender como é isso, ser visto como uma coisa que você não é. Mas, para nós, era mais fácil esconder. Para Avery, havia uma cadeia biológica mais grossa para quebrar. Logo cedo, os pais dele perceberam o que estava errado. A mãe achava que talvez sempre tivesse sabido, e foi por isso que escolheu o nome Avery, o nome do pai dela, que seria dado ao bebê quer fosse menino ou menina. Com a ajuda e a bênção dos pais, embora nem sempre com a compreensão, Avery planejou uma nova vida, dirigiu muitos quilômetros, não para dançar e nem para beber, mas para tomar os hormônios que colocariam seu corpo na direção certa. E funcionou. Olhamos para Avery agora e sabemos que funcionou, e apreciamos a maravilha que é isso. Na nossa época, ele teria ficado preso em um corpo do qual não poderia se livrar em um mundo difícil.

Enquanto eles dançam, Avery se pergunta se Ryan percebe e fica com medo de Ryan se importar. O garoto de cabelo azul o vê, isso é certo. Mas será que vê tudo, ou só o que quer ver? Essa é sempre uma das grandes questões do amor.

Ryan está mais preocupado com o tempo e o que fazer com ele. Ele não consegue acreditar que encontrou uma pessoa aqui nas entranhas do centro comunitário de

Kindling. O mesmo lugar onde aprendeu a nadar. O mesmo lugar onde treinou basquete pela liga recreativa quando tinha 9 anos. O mesmo lugar onde organizou vendas de bolos para arrecadar dinheiro e doações de sangue e o mesmo lugar onde vai votar quando tiver idade. Sim, é também o mesmo lugar de onde fugiu para fumar seu primeiro cigarro e, alguns anos depois, seu primeiro baseado, mas nunca foi um lugar onde imaginou encontrar um garoto de cabelo rosa com quem dançar. Ele consegue sentir seus amigos olhando das laterais, sussurrando sobre o que vai acontecer. Isso só amplifica sua própria necessidade de saber. O tempo está correndo, mas correndo na direção de quê? Será que ele deve parar e conversar mais com esse garoto, antes que o DJ toque a última música e as luzes sejam acesas? Ou será que eles devem ficar assim, unidos pela música, envoltos em uma canção?

Converse com ele, nós temos vontade de dizer. Porque, sim, o tempo pode flutuar no silêncio, mas precisa estar ancorado em palavras.

Sabemos qual é a melhor chance deles, e nisso o DJ não decepciona. Como a maioria dos DJs faz em determinado ponto da noite, ele coloca uma música que significa muito para ele e nada para as pessoas presentes. Em segundos, a pista começa a esvaziar. As conversas aumentam de um zumbido para um clamor. Uma fila se forma no banheiro masculino.

Tanto Avery quanto Ryan param. Nenhum dos dois quer sair se o outro quiser ficar.

Por fim, Avery diz:

— Não consigo pensar em um jeito de dançar essa música.

E Ryan diz:

— Quer tomar um pouco de água?

Uma fuga acontece.

O DJ abre os olhos e vê o que fez. Ele deveria mudar a música. Mas é uma dedicatória de longa distância para o garoto que ele ama no Texas. Ele liga para o garoto agora mesmo e segura o celular no ar.

Nem todas as músicas precisam ser para dançar. Sempre vai haver a próxima música para atrair as pessoas de volta.

Isto é o que acontece quando se fica muito doente: dançar deixa de ser uma realidade e passa a ser uma metáfora. Com mais frequência do que se imagina, é uma metáfora nada gentil. *Estou dançando o mais rápido que consigo.* Como se a doença fosse o violinista que fica tocando cada vez mais rápido, e perder o passo é morrer. Você tenta e tenta e tenta, até que finalmente o violinista te deixa esgotado.

Esse não é o tipo de dança do qual vocês queiram se lembrar. Vocês vão querer se lembrar das músicas lentas como a última dança de Avery e Ryan. Vão querer se lembrar de dançar como Tariq se lembra de dançar ao ir para casa depois da noite na boate. São só onze da noite, praticamente meio-dia, considerando o tempo de uma noitada, mas ele prometeu para Craig e Harry que dormiria um pouco para poder estar com eles no grande beijo amanhã sem estar morrendo de sono. Foi difícil para ele se afastar da música, da pulsação criada por ela. Ele tenta simular isso agora com a música alta nos ouvidos, ignorando os outros sons no trem suburbano de madrugada. Não é a mesma coisa, porque não há outros garotos para quem olhar e nem por quem ser olhado, só outros passageiros e algumas garotas que acabaram de sair de alguma peça da Broadway. Uma delas tentou chamar a atenção de Tariq mais cedo, e ele deu um sorriso de *boa tentativa, desculpe*, fazendo com que ela voltasse a atenção para a *Playbill*.

Quando se fecha os olhos, pode-se conjurar um mundo. Tariq fecha os olhos e vê borboletas. A vibração delas, girando no ar na música da mente. É isso que ele quer ser, na pista de dança e na vida. Uma borboleta. Colorida e esvoaçante.

Há alguma coisa na pureza de sonhar com borboletas, em todas as coisas que a dança pode liberar quando se é jovem. Quando funciona, essa liberdade não acaba quando a última música é tocada. Você a leva com você. Usa para coisas maiores.

Repara quando é tirada de você.

Ryan e Avery conseguem sentir suas palavras trabalhando no outro, conseguem sentir a simples alegria de entrar no mesmo ritmo, de ter pensamentos sincronizados. Alicia, amiga de Ryan, vai dar uma carona para ele voltar para casa, e está circulando o local, olhando para ele de tempos em tempos. Ryan ignora, porque ele e Avery estão em sua fortaleza de não solidão, conversando sobre o quanto suas cidades são pequenas e o quanto é estranho estar em um baile gay. Ryan adora a curva do cabelo de Avery, adora a curiosidade tímida nos olhos dele. Já Avery fica lançando olhares para o decote em V da camisa de Ryan, para a calça, para suas mãos perfeitas.

Nós lembramos como era conhecer uma pessoa nova. Lembramos como era dar a possibilidade a alguém. Você olha de seu próprio mundo e entra no dele, sem saber direito o que vai encontrar, mas torcendo para ser uma coisa boa. Tanto Ryan quanto Avery estão fazendo isso. Você entra no mundo dele e nem percebe que sua solidão acabou. Deixou-a para trás, e nem repara, porque não tem vontade de voltar.

Você fica de olho nele.

Talvez por causa do Dr. Pepper diet consumido mais cedo, Peter e Neil ficam acordados até mais tarde do que esperavam. O encontro foi um sucesso, embora eles já estejam juntos há tempo suficiente para não pensarem na noite como um encontro, só como uma noite juntos mesmo. Eles viram os dois filmes em sucessão, primeiro o de terror (por causa de Neil) e depois a comédia romântica (por causa de Peter), com Neil se segurando para não sorrir do medo de Peter durante o de terror e de suas lágrimas quando a comédia romântica acabou se desenrolando da forma previsível das comédias românticas. Peter ainda sente vergonha dessas coisas, e Neil percebe a vergonha dele… mesmo não conseguindo *sempre* conter sua diversão. ("Você está bem?", perguntou ele em um momento durante a comédia romântica no qual Peter parecia particularmente tenso, e não conseguiu deixar de apertar o braço dele com solidariedade debochada quando Peter disse: "Só quero que Emma Stone fique bem.")

Os pais de nenhum dos dois estão prontos para um dormir na casa do outro ainda, então Neil foi embora da casa de Peter um pouco antes da meia-noite, e agora eles estão em seus respectivos quartos, conversando pela internet enquanto se preparam para dormir. De vez em quando, um dos parentes coreanos de Neil aparece nos contatos do Skype, e Neil fica aliviado de nenhum deles tentar puxar conversa. A conexão de Peter é dedicada somente a Neil, pelo menos a essa hora.

Peter pensa que não há nada mais adorável no mundo inteiro do que Neil de pijama. É um pijama de verdade, com camisa listrada de botão combinando com calça de elástico também listrada. É pelo menos um tamanho maior do que o dele, e faz com que pareça estar esperando Mary Poppins enfiar a cabeça pela porta e dizer que está na hora de ir para a cama. Peter está de cueca boxer e uma camiseta que diz LEGALIZEM OS GAYS. Apesar de eles terem acabado de passar horas conversando, passam mais uma falando, às vezes sentados em frente ao computador olhando um para o outro e às vezes deixando as câmeras ligadas enquanto andam pelo quarto, escovam os dentes, escolhem roupas para o dia seguinte. Sentimos inveja de tanta intimidade.

Chega um momento em que a conversa de Peter e Neil se torna enevoada demais para continuar. Até o efeito do Dr. Pepper diet passa em algum momento. Mas a névoa deles é do tipo branca e fofa, como uma nuvem que criancinhas imaginam que vai carregá-las para o sono. Peter deseja bons sonhos para Neil, e Neil deseja a mesma coisa. E então, por um momento, eles acenam um para o outro. Sorriem. Uma última olhada no pijama e boa-noite.

Em algum momento, todo mundo tem que dormir. É a primeira dica de que o corpo sempre vence. Não importa o quanto estamos felizes, não importa o quanto queremos que a noite se prolongue infinitamente, o sono é inevitável. Pode-se conseguir escapar dele por um ciclo, mas a necessidade do corpo sempre vai voltar.

Nós lutávamos contra ele. Quer nossa motivação fosse conversar no escuro ou dançar sob luzes piscantes, nós queríamos que nossas noites fossem infinitas. Para que a conversa pudesse continuar, para que a dança pudesse seguir em frente. Nós nos enchíamos de café, de açúcar, de substâncias mais fortes e perigosas. Mas o sono sempre chegava sorrateiro e acabava tomando conta.

Nós pensávamos com bom humor que o sono era o inimigo, era uma praga. Por que residir no templo de Morfeu se havia tanta coisa acontecendo lá fora? E a luta ficava mais desesperada. Quando você sabe que só tem poucos meses, poucos dias, quem quer dormir? Só quando a dor é demais. Só quando você está desesperado pela negação. Fora isso, o sono é tempo perdido que nunca vai ser recuperado.

Mas que negação prazerosa ela é. Ao vagarmos pela terra do sono e dos sonhos, conseguimos ver por que os insones imploram e os sonhadores lideram. Vemos Craig encolhido no sofá verde de Harry, debaixo de uma colcha de crochê que a bisavó de Craig fez. Observamos Harry em seu quarto, com os braços dobrados e as mãos debaixo da cabeça, o corpo como um *q* minúsculo. Em outro canto da mesma cidade, Tariq adormeceu com fones de ouvido, música islandesa impregnando suas viagens noturnas. Em outro aposento, Neil de pijama sonha que ele e Peter estão brincando de jogo da velha, enquanto Peter de camiseta e cueca boxer sonha que pinguins imperadores tomaram conta do shopping center e estão tentando vender óculos escuros para Emma Stone. Em uma cidade chamada Marigold, Avery adormece com um número de telefone escrito na mão, enquanto em uma cidade chamada Kindling, Ryan pegou um saco de dormir e adormeceu sob as estrelas, sorrindo ao pensar em um garoto de cabelo rosa e no que eles podiam fazer no dia seguinte.

Só Cooper ainda está acordado, mas não por muito tempo. Ele tecla com pessoas de outros fusos horários, conversa com homens que estão acordando, homens que estão fugindo do trabalho por um momento. Ele engana a todos, mas não pode enganar a si mesmo. Ainda está em lugar nenhum, e, por mais que olhe, não há nenhum lugar à vista, principalmente dentro dele mesmo. Ele acredita que o mundo está cheio de pessoas burras e desesperadas, e só consegue se sentir burro e desesperado por passar tanto tempo com elas. Ficamos preocupados com isso. Dizemos para ele ir dormir. Tudo fica melhor depois de uma noite de sono. Mas ele não pode nos ouvir. E continua o que está fazendo. Seus olhos começam a se fechar cada vez mais. *Vá para a cama, Cooper*, nós sussurramos. *Vá para sua cama.*

Ele adormece em frente ao computador. Homens de outros fusos horários perguntam se ele ainda está ali, se foi embora. Em seguida, passam para novas janelas, deixando a de Cooper vazia. Ele não tem como reparar quando todos saíram da sala.

Essa é uma imagem incompleta. Há garotos deitados acordados, se odiando. Há garotos transando pelos motivos certos e garotos transando pelos motivos errados. Há garotos dormindo em bancos e debaixo de pontes, e garotos com um pouco mais de sorte dormindo em abrigos, que passam a sensação de segurança, mas não de lar. Há garotos tão embevecidos de amor que não conseguem fazer o coração bater mais devagar o bastante para descansarem, e outros tão feridos pelo amor que não conseguem parar de cutucar a dor. Há garotos que se agarram a segredos à noite da mesma forma que se agarram à negação de dia. Há garotos que não pensam em si mesmos quando sonham. Há garotos que serão acordados no meio da noite. Há garotos que adormecem com os telefones nos ouvidos.

E homens. Há homens que fazem todas essas coisas. E há alguns homens, cada vez menos, que caem na cama e pensam em nós. Nos sonhos deles, ainda estamos ao seu lado. Nos pesadelos deles, ainda estamos morrendo. Na confusão da noite, eles nos procuram. Dizem nossos nomes enquanto dormem. Para nós, esse é o som mais importante e mais doloroso que temos o privilégio e o infortúnio de conhecer. Nós sussurramos os nomes deles em resposta. E, nos sonhos, talvez eles escutem.

* * *

Queríamos poder mostrar a vocês o mundo quando dorme. Assim, vocês não teriam dúvida sobre o quanto somos parecidos, confiantes, incríveis e vulneráveis.

Não dormimos mais. E, como não dormimos mais, não sonhamos mais. O que fazemos é observar. Não queremos perder nada.

Vocês se tornaram nosso sonho.

No meio da noite, a mãe de Harry abre a porta do quarto e verifica se ele está dormindo em segurança. Em seguida, vai até a sala e faz a mesma coisa com Craig, sorrindo ao vê-lo envolto na colcha. Ela sabe que eles têm um grande dia amanhã e está preocupada com eles. Mas só vai demonstrar a preocupação enquanto eles estiverem dormindo. Mais do que tudo, ela sente orgulho. O orgulho pode ter um elemento de preocupação, principalmente se você é mãe.

A mãe de Harry ajeita o cobertor dele uma segunda vez. Dá um beijo delicado em sua testa e volta para o quarto pé ante pé.

Sentimos saudade de nossas mães. Nós as entendemos tão melhor agora.

* * *

E aqueles de nós que tiveram filhos sentem saudade dos filhos. Nós os vemos crescer, com tristeza e assombro e medo. Estamos afastados, mas não completamente. Eles sabem disso. Eles sentem. Não estamos mais lá, mas não fomos embora completamente. E ficaremos assim pelo resto das vidas deles.

Nós observamos, e eles nos surpreendem.

Nós observamos, e eles nos superam.

A música nos ouvidos de Tariq vai ficando mais baixa com o fim da bateria. Ele não repara. É um dos grandes dons do corpo, a capacidade de prolongar a música bem depois de ter desaparecido.

Dormindo no quintal, Ryan não repara na aura de orvalho ao redor dele quando a noite se aquece e vai virando manhã. Seus olhos vão se abrir e ver um brilho na grama.

O mundo que desperta. Até o mais cínico dentre nós o recebe com um toque de esperança. Talvez seja uma reação química, nossos pensamentos em comunhão com o nascer do sol criando aquela fé breve e intensa no que é novo.

Ficamos em silêncio conforme observamos o sol subir por trás do horizonte. Onde quer que estejamos, de onde quer que estejamos olhando, fazemos uma pausa. Às vezes, olhamos ao longe e vemos o amanhecer. E outras vezes testemunhamos o começo do dia refletido nas pessoas de quem passamos a gostar, vendo a luz se espalhando nas feições adormecidas delas. Como você pode não ter esperança quando o mundo, por um instante, brilha em tom dourado? Nós, que não somos mais capazes de sentir, ainda sentimos esperança, pois a lembrança é forte demais.

Acordar é difícil, e acordar é glorioso. Observamos vocês se mexerem e saírem cambaleando da cama. Sabemos que a gratidão é a última coisa na sua cabeça. Mas vocês deviam sentir gratidão.

Vocês têm mais um dia.

Harry acorda empolgado. É hoje. Depois de tanto planejamento, depois de tanto treino. Esse sábado em particular não é mais um quadrado no calendário. Não é mais uma data falada em verbos no futuro. É um dia que chega como qualquer outro, mas que não parece nenhum que já veio antes.

Ele vai direto da cama para a cozinha, com o cabelo desgrenhado, as roupas amassadas da noite de sono, e encontra os pais lá, preparando-se do jeito deles para o dia. Seu pai está fazendo café da manhã e a mãe está à mesa da cozinha, lendo as pistas das palavras cruzadas em voz alta para eles poderem preencher juntos.

— Já íamos acordar você — diz sua mãe.

Harry segue até a sala. Craig está sentado no sofá, com a expressão de quem acha que a manhã é um problema matemático que ele precisa resolver antes de sair da cama.

— Meu pai está fazendo french toast — diz Harry, sabendo que o acréscimo de comida à equação vai colaborar para que seja solucionada mais rápido.

Craig responde com alguma coisa que soa como *"Muh"*.

Harry dá um tapinha no pé dele e volta para a cozinha.

O alarme do relógio de Tariq toca, mas ele não se alarma. Com os fones ainda abafando os barulhos externos, parece que tem música vindo do quarto ao lado, e ele encara isso lentamente como um convite.

Assim que Neil sai do chuveiro, manda uma mensagem de texto para Peter.

De pé?, pergunta ele.

E a resposta chega imediatamente:

Para encarar qualquer coisa.

Sorrimos por causa disso, mas então olhamos para a casa de Cooper e paramos. Ele ainda está dormindo na escrivaninha, com o rosto quase de frente para o teclado e o computador ligado desde a noite passada. Seu pai está entrando no quarto e não parece nada feliz. Todas as janelas de bate-papo de Cooper ainda estão abertas na tela.

Trememos ao reconhecer o que vai acontecer. Vemos no rosto do pai dele. Quem entre nós nunca fez o que

Cooper acabou de fazer? Esse único erro. Esse único escorregão. A revista aberta no chão. Os bilhetes de amor escondidos debaixo do colchão, o lugar mais óbvio do mundo. O anúncio de cueca dobrado dentro do dicionário, pronto para cair quando ele for aberto. Os desenhos que devíamos ter escondido. O nome de outro garoto escrito repetidamente, várias vezes. As roupas que enfiamos no fundo do armário. O livro de James Baldwin na prateleira, com a capa de outro livro. Walt Whitman debaixo do travesseiro. Uma foto do garoto que amamos, sorrindo, com a conspiração de nós dois nos olhos. Uma foto do garoto que amamos, que não faz ideia de que o amamos, capturado de forma alheia, sem saber que a câmera estava ali. Uma foto que guardávamos na gaveta de cima da escrivaninha, em um compartimento da carteira, em um bolso perto do coração. Devíamos ter nos lembrado de tirar de lá antes de jogar a roupa no cesto de roupas sujas. Devíamos saber o que aconteceria quando nossa mãe abrisse a gaveta em busca de um lápis. É só um amigo, nós argumentaríamos. Mas, se ele era só um amigo, por que estava escondido, por que ficamos aborrecidos por ele ser descoberto?

Queremos acordar Cooper. Queremos fazer com que a porta faça mais barulho ao ser aberta. Queremos que os passos do pai dele soem como trovão, mas eles soam como relâmpago. O pai sabe fazer isso, com a raiva ganhando velocidade silenciosa. Ele se inclina sobre o filho e lê os finais das conversas da noite anterior. Algumas são triviais, um dialeto entediado. *E aí? Nada de mais. Vc? Nada de mais.* Mas outras são francas, sexuais, explícitas. *Eu faria com você o seguinte. É assim que você gosta?* Olhamos de perto, torcendo para que a preocupação surja no rosto do pai. Preocupação pode. Preocupação é compreensível. Mas nós, que procuramos sinais de preocupação por tanto tempo nos outros, só vemos repulsa. Asco.

— Acorde — diz o pai.

Raiva. Ira.

Como Cooper nem se mexe, ele fala de novo e chuta a cadeira.

Isso funciona.

Cooper dá um pulo e acorda, com o rosto pressionado contra o teclado, criando uma palavra impronunciável. Suas lentes de contato parecem panquecas secas em seus olhos. Seu hálito parece de minhocas matinais.

Seu pai chuta a cadeira de novo.

— É isso que você faz? — É a acusação furiosa. — Quando estamos dormindo. É isso que você fica fazendo?

Cooper não entende a princípio. Mas levanta a cabeça, engole a saliva que estava parada na boca e vê a tela. Ele fecha o laptop rapidamente. Mas é tarde demais.

— É isso que você faz na minha casa? É isso que você faz com sua mãe e comigo?

De uma distância fria, sabemos que há confusão no coração dessa repulsa. E nesse coração bate um fluxo regular de ódio e ignorância.

Sabemos que Cooper não tem a menor chance.

O pai dele o pega pela camisa e o levanta, para poder gritar olhando nos olhos dele.

— *O que você é? Como pôde fazer isso?*

Cooper não sabe. Ele não sabe o que dizer. Não sabe o que fazer. Nem existem respostas para essas perguntas.

O rosto do pai está vermelho agora.

— Você sai por aí trepando com homens? Enquanto estamos dormindo, você sai e trepa com eles?

— Não — diz Cooper. — Não!

— Então o que é isso? — Um gesto enojado para o computador fechado. — Que tipo de putinha você é?

Trepar. Putinha. Não são palavras que um filho deveria ouvir do pai. Mas a ira do pai tem uma língua própria. Não precisa falar como um pai.

— Pare — sussurra Cooper, com os olhos se enchendo de lágrimas. — Apenas pare.

Mas ele não para. O pai de Cooper o empurra contra a parede. Impacto. A parede sacode e coisas caem. Cooper não está mais em nenhum lugar. Está em um lugar agora. E é um horror. É tudo o que ele nunca quis que acontecesse, e está acontecendo.

A mãe entra correndo no quarto. Por um momento, ficamos gratos. Por um momento, achamos que vai parar. Mas o pai não liga. Continua a gritar. *Viado. Desgraça. Putinha. Doente.*

— O que está acontecendo? — grita a mãe. — *O que está acontecendo?*

Cooper não consegue parar de chorar, o que deixa o pai com mais raiva ainda. E agora o pai está explicando para a mãe:

— Ele se vende pra homens na internet.

— Não — diz Cooper. — Não é nada disso.

— Abra — ordena o pai para a mãe. — Leia.

Cooper dá um pulo, tenta agarrar o laptop. Mas o pai o derruba e prende enquanto a mãe abre o computador. A tela se acende. Ela começa a ler.

— É só bate-papo — Cooper tenta dizer para ela. — Nada acontece nunca.

Mas a expressão no rosto dela enquanto lê... alguns de nós precisam virar a cara. Nós conhecemos essa expressão. Alguma coisa dentro dela está se partindo. E, com isso, ela está desistindo de nós.

Não há nada mais doloroso do que ver alguém desistir de você. Principalmente se for sua mãe.

Algumas mães se recuperam desse momento. Algumas não. E, enquanto acontece, o problema é que você não tem como saber que rumo aquilo tudo vai tomar.

— *Está vendo* — diz o pai.

Um fusível dentro de Cooper finalmente chega ao núcleo explosivo e detona. Ele precisa fazer isso parar. Precisa fazer alguma coisa. A intenção dele não é lutar para se defender, embora mais tarde pareça que foi luta. Ele só quer que a mãe pare de ler. Por isso, ele pula em cima do computador e o arranca das mãos dela. Ela se encolhe de surpresa, e o pai não está preparado para segurá-lo. Mas, apesar de Cooper ter tirado o laptop das mãos dela, não consegue segurá-lo na dele. Ele pega de qualquer jeito, e o laptop cai com tudo no chão, fazendo um som terrível. Ele estica a mão e o alcança, mas agora o pai está em cima dele, puxando-o pelas costas, girando-o. Cooper sabe que um soco está a caminho e levanta o laptop para bloqueá-lo. O punho do pai é rápido demais, e acerta a bochecha dele antes de ele conseguir levantar o laptop.

— Não! — grita a mãe.

Ela entra entre os dois, isso ela faz. Cooper não hesita. As chaves e o celular estão no bolso. Então, ele foge. Sai correndo do quarto com o pai atrás, gritando com ele, gritando com a mãe. Sai correndo pela porta, sai correndo para o carro. Vê os pais vindo atrás, ouve o pai gritando, mas não entende as palavras. Quando liga o carro, a música explode pelos alto-falantes. Ele não verifica para ver se há carros passando quando sai da vaga, embora saiba que isso só vá irritar mais seu pai.

Ele só demora dez segundos para deixar os pais.

Fora os estranhos, eles são agora as únicas pessoas no mundo que sabem que ele é gay.

Você gasta tanto tempo e tanto esforço tentando se manter firme.

E então, tudo desmorona de qualquer jeito.

No tempo que isso tudo leva para acontecer, Tariq toma um banho. No tempo que isso tudo leva para acontecer, Craig (que admite ser uma pessoa que come devagar) come uma french toast. No tempo que isso tudo leva para acontecer, Peter baixa um jogo de videogame e começa a jogar. No tempo que isso tudo leva para acontecer, Avery acorda, vê um número de telefone ainda escrito na mão e se pergunta o que fazer agora. Mas não precisa se preocupar. Ryan já está cuidando disso. Ele está com o número do telefone de Avery no celular e, assim que o relógio chegar às dez horas, vai ligar. Ele acha desagradável ligar para as pessoas antes das dez. Assim, ele espera. Com impaciência, mas espera.

* * *

É engraçado as coisas das quais se sente saudade. Como fios de telefone.

Ao ler isso hoje, vocês podem nem saber o que é um fio de telefone. Ou é uma relíquia que se vê em um escritório, ou naquele telefone antigo no canto da sala de aula, usado para ligar para a secretária do diretor.

Mas houve uma época, que foi a nossa época, em que um fio de telefone parecia um fio de vida. Era sua ligação com o mundo exterior e, ainda mais do que isso, sua ligação com as pessoas que você amava, ou queria amar, ou tentava amar. Tudo nele era perfeito: a forma como era enroscado, a forma como se emaranhava com facilidade, a forma como você podia puxá-lo só até um certo ponto e tinha que parar. Enroscado e emaranhado e essencial. Ele nos mantinha ligados uns aos outros, ligados a todas as perguntas e algumas das respostas, ligados à ideia de que podíamos estar em outro lugar que não fosse nossos quartos, nossas casas, nossas cidades. Não podíamos fugir, mas nossas vozes podiam viajar.

Quando o telefone não tocava, parecia debochar de nós.

Quando o telefone tocava, nós o agarrávamos com gratidão.

Precisamente às dez horas, o telefone de Avery toca. Ele não reconhece o número e compara com a mão.

— Alô? — diz.

— Oi — diz Ryan, tão feliz por ser ouvido quanto Avery fica por ouvi-lo.

Eles começam a fazer planos e um plano. Planos são as coisas que você vai fazer em um momento preciso, enquanto um plano é a ideia mais geral de todas as coisas que vocês dois podem fazer juntos. Planos são as coordenadas; um plano é o mapa todo. Planos são as coisas que você pode discutir naquela primeira ligação nervosa. Um plano é a coisa que não é dita, mas coloca esperança na sua voz mesmo assim. Enquanto Avery e Ryan pensam no que vão fazer hoje, a palavra *juntos* se torna o plano por baixo dos planos elaborados.

Avery sabe que seus pais vão voltar a dar a ele a chave do carro. Assim, se oferece para ir até Kindling, para ver o que a cidade tem a oferecer. Ryan diz para ele que não tem muita coisa lá, mas Avery tem experiência suficiente em flertes para dizer que, desde que Ryan esteja lá, vai ser o bastante.

Quando Avery desliga o telefone, dá um sorriso. Quando Ryan desliga o telefone, entra em pânico. Objetos flutuantes exercem pressão de qualquer jeito. Ryan sente vontade de arrumar o quarto, arrumar o cabelo, arrumar a vida, arrumar a cidade, tudo ao mesmo tempo.

Enquanto isso, Avery vai sorrindo para o chuveiro. Ele também tem coisas com que se preocupar, claro. Mas essas feras são educadas o bastante para esperar no portão até que ele faça seus preparativos.

Não há nada tão animador quanto uma oportunidade.

* * *

Vocês nunca vão esquecer como é essa sensação, essa esperança. Sim, nós poderíamos falar com vocês por dias sem fim sobre todos os primeiros encontros ruins. Eles são histórias. Histórias engraçadas. Histórias constrangedoras. Histórias que amamos compartilhar, porque, ao compartilhá-las, tiramos alguma coisa da uma ou duas hora que gastamos com a pessoa errada. Mas isso é tudo que os primeiros encontros ruins são: historinhas. Os primeiros encontros bons são mais do que historinhas. São primeiros capítulos. Em um primeiro encontro bom, tudo é primavera.

E, quando um primeiro encontro bom vira um relacionamento bom, a primavera perdura. Mesmo depois que acaba, pode ainda haver primavera.

O local do beijo de Craig e Harry foi muito bem pensado.

Se conveniência fosse o fator decisivo, a escolha óbvia seria a casa de Harry, ou o quintal dele. Os Ramirez não teriam nenhum problema com isso e teriam feito todos os planejamentos necessários. Mas Craig e Harry não queriam esconder. O significado do beijo viria de compartilhá-lo com as outras pessoas.

Foi Craig quem sugeriu o gramado em frente à escola de ensino médio deles. Era pública, mas também familiar. A escola em si costumava ficar aberta nos fins de semana por um motivo ou outro: um jogo de futebol americano, um ensaio de peça de teatro, um torneio de debate. Mas, no gramado, eles não atrapalhariam ninguém. Havia acesso suficiente a água e eletricidade. E os amigos saberiam onde encontrá-los.

Eles discutiram se deveriam pedir permissão. Os pais de Harry insistiram que sim. Harry e Craig marcaram um horário com a diretora e explicaram o beijo.

Ela foi solidária. De forma quase surpreendente. Deu permissão a eles, mas avisou que havia riscos mesmo assim.

Eles aceitaram.

Agora, eles estão aqui, entrando no estacionamento da escola. Só vai haver jogo de futebol americano amanhã, e o ensaio da peça de teatro começa apenas às duas. O local conquistou sua indiferença nessa manhã de sábado. Já passou por coisas bem piores do que dois garotos se beijando.

Smita, a melhor amiga de Craig, já está lá esperando. Ela acha que Harry e Craig são loucos por fazerem isso, e que, dentre os dois, Craig é o mais maluco. Porque, pensa ela com pouco exagero, os pais dele vão matá-lo. E, se os pais não o matarem, talvez beijar Harry mate. Porque, no fim das contas, o término foi bem mais fácil para Harry do que para Craig. Aos olhos de Smita, Harry se saiu bem na história. Ele teve a sensação de que foi mútuo. E pôde seguir com a vida enquanto Craig passou o ano seguinte ainda apaixonado por ele.

Certo, talvez não um ano inteiro. Smita não é muito boa em matemática de relacionamentos. (Quem é?) A questão é que foi um bom tempo. Muito tempo. E apesar de Craig dizer para ela o tempo todo que já esqueceu Harry, que eles são só amigos agora, e apesar de ela ter aprendido a não contradizê-lo em voz alta, a só deixar tudo pronto para que depois ele pudesse procurá-la quando percebesse que está errado, Smita ainda acha o plano todo absurdamente desafinado no que diz respeito ao que há realmente dentro do coração de Craig. Nós a ouvimos confessar isso para a irmã, que foi solidária.

Smita entende que há questões maiores envolvidas, pelo menos no que diz respeito à declaração que Harry e Craig estão fazendo. Se vocês fossem perguntar a ela sob que possíveis circunstâncias não haveria problema em Craig beijar Harry de novo, ela acha que essa seria uma das poucas respostas aceitáveis. Ela disse para eles que achava loucura quando eles foram contar (ela acha que foi a primeira pessoa para quem eles contaram, mas, na verdade, foi a segunda). E quando eles disseram para ela que não viam problema no fato de ser loucura, o que ela poderia ter dito? Ela sempre ficaria do lado de Craig, em qualquer circunstância, e se isso quisesse dizer ajudá-los a pesquisar e preencher a papelada e planejar esse gesto absurdo de declaração política e potencial dano ao coração, que fosse. Com a precisão da médica que sem dúvida se tornará um dia, ela trabalhou com eles para elaborar a melhor estratégia possível para uma duração máxima. Isso significou horas vendo vídeos no YouTube de pessoas se beijando por períodos de tempo muito longos. Foi o dever de casa mais estranho que ela já fez. Mas o dever de casa da escola já estava feito; o que mais ela tinha para fazer?

Agora, aqui está ela, e aqui estão eles, e está chegando a hora de começar. Quando eles começarem a se beijar, vão ter que continuar se beijando por 32 horas, 12 minutos e 10 segundos. É um segundo a mais do que o recorde mundial atual de beijo mais longo já registrado.

O motivo de eles estarem todos aqui é quebrar esse recorde.

E o motivo para eles quererem quebrar esse recorde começou com uma coisa que aconteceu com Tariq.

Observamos quando ele entra no estacionamento. Observamos quando ele os vê se reunindo: Harry e Craig, o Sr. e a Sra. Ramirez. Smita, claro, e Rachel, que mora perto o bastante da escola para ir andando. Ele os vê, mas não sai do carro, ainda não. Porque uma das qualidades mais traiçoeiras da mente é a capacidade de estar em dois lugares ao mesmo tempo. Assim, Tariq está ali sentado, mas, ao mesmo tempo, volta para a pior noite de sua vida. Cronologicamente, três meses antes. Emocionalmente, ontem e hoje e três meses atrás e qualquer período de tempo entre os dois.

Sangue em sua boca. Parece que ainda tem sangue em sua boca.

Os caras estavam bêbados, eram cinco, e, apesar de não ter sido nesta cidade, foi em uma cidade próxima. Tariq ainda não tinha habilitação, ainda não tinha carro. O filme acabou e ele estava esperando que seu pai fosse buscá-lo. Seus amigos estavam indo comer pizza, mas ele tinha que ir embora. O pai estava atrasado, e a rua ficou deserta quando os créditos finais das conversas de calçada terminaram. Havia uma pessoa na bilheteria do cinema, mas só. Tariq não conseguia ficar parado, então andou um pouco pelo quarteirão para olhar umas vitrines de lojas. Quando os outros caras começaram a gritar, ele nem sabia que estavam gritando com ele. Ignorá-los só fez com que eles prestassem mais atenção. Quando ele entendeu o que estava acontecendo, já estava acontecendo rápido demais.

Primeiro, ele achou que era por ele ser negro, mas devido a todas as variações de *viado* que estavam gritando, ele soube que não era só isso. E alguns deles também eram negros. Ele tentou passar direto, voltar para o cinema ou até para a pizzaria onde os amigos estavam, mas eles não gostaram disso. Eles o encurralaram, e Tariq sentiu o botão do pânico ser pressionado. Enquanto eles debochavam da cor de sua calça, enquanto o provocavam mais um pouco, ele tentou forçar caminho para fugir. Jogou-se de corpo todo com esse objetivo, mas havia muitos deles, e eles não foram pegos de surpresa. Eles o empurraram de volta e ele tentou abrir caminho de novo, e desta vez um cara deu um soco nele, direto no peito, e, quando Tariq se inclinou, outros se juntaram. Porque quando um cara começa, vira um jogo. Tariq caiu no chão, lembrou-se de alguém dizendo para ele se encolher, se proteger assim. Eles estavam rindo agora, apreciando o que estavam fazendo, adorando a emoção. Ele nem conseguiu gritar pedindo ajuda, porque os únicos sons que conseguiu emitir eram sons que ele nunca tinha ouvido antes, uma admissão gritada e gutural da dor repentina e intensa enquanto eles davam socos e chutes, rindo seus *viados* para cima dele enquanto quebravam suas costelas.

Do outro lado da rua, alguém viu. A mulher atrás do balcão do restaurante tailandês saiu correndo, gritando e balançando uma vassoura. Os caras riram disso, riram da vassoura dela, do uso falhado da língua. Mas dois ajudantes saíram atrás dela, e eles a ouviram gritando *polícia*. Tariq não viu nada disso, nem escutou. Estava tentando conseguir enxergar, tentando se encolher mais, tentando cuspir o sangue da boca. Pela percepção dele, eles estavam ali e, com um último chute, sumiram.

O pai chegou um minuto depois. Encontrou-o. Levou-o para o pronto-socorro antes de a polícia chegar.

Enquanto ele sangrava na calçada, com pedrinhas e cascalho pressionando os machucados, nós também nos sentimos sangrando. Quando as costelas dele foram quebradas, nós sentimos nossas costelas sendo quebradas. E, quando os pensamentos voltaram à mente dele, as lembranças voltaram às nossas. Essa desumanizadora perda de segurança. É algo que todos nós temíamos e muitos de nós conhecíamos por experiência própria. Não desconhecemos o que acontece depois com Tariq: a longa cicatrização, a preocupação surpreendente de algumas pessoas (inclusive dos pais) e a não surpreendente falta de preocupação de outras (como alguns policiais, mas não todos).

Os agressores esconderam bem as pistas e nunca foram encontrados. Sabemos quem eles são, é claro. Dois deles são assombrados pelo que fizeram. Três deles, não.

Tariq também é assombrado, embora se sinta revoltado a maior parte do tempo.

— Eles acabaram comigo — disse ele para as pessoas pouco tempo depois. — Mas quer saber? Eu não precisava mais ser aquela pessoa que eu era. Estou feliz porque mudei.

Ele não vai deixar que o acontecimento o impeça de ir à cidade, de dançar. Mas o medo persiste. Os ferimentos. E, no fundo da mente, morando, como foi conosco, no fundo dos pensamentos, estão as perguntas mais traiçoeiras:

Como eles me identificaram? Como souberam?

O que fiz de errado?

* * *

As pessoas gostam de dizer que ser gay não é como a cor da pele, não é uma coisa física. Elas dizem que sempre temos a opção de esconder.

Mas, se isso for verdade, como é que eles sempre nos descobrem?

O ódio de Cooper por todo mundo (os pais, as pessoas da cidade, os homens com quem ele conversa na internet) só é menor do que o ódio que sente de si mesmo. Não há nada que acrescente profundidade ao desespero como a sensação de merecer. Cooper dirige pela cidade, sem saber o que fazer, sem saber para onde ir. Ele nem repara que a gasolina está acabando. Quando a luz de aviso se acende, ele quase se sente grato, porque agora pelo menos há uma coisa a ser feita.

Ele nem sempre foi assim. Ninguém nunca é sempre assim. Houve uma época em que era feliz, uma época em que o mundo o envolvia. Pegar minhocas e dar nomes a elas. Soprar as velas em um bolo que a mãe fez, com vinte amigos do quinto ano em volta. Um *home run* em um jogo importante da liga infantil que o deixou se sentindo campeão durante semanas. Um desejo de desenhar, pintar. Jogar bolas na cesta na hora do almoço com os amigos.

Mas o ensino médio confunde as coisas. Ele não queria mais fazer esportes. Os amigos se mudaram, se não da cidade, ao menos da mesma mesa que ele na hora do almoço. O tédio começou a invadir o exterior da vida dele, e o barulho começou a crescer lá dentro. Ele passava mais e mais tempo no computador. Não era exatamente uma escolha; era apenas a única coisa que estava sempre presente.

Agora, o laptop está morto no banco de trás. Isso não o incomoda de verdade.

Em outro carro, Avery segue dirigindo para Kindling. O terreno ao redor é plano, o horizonte é longo. Ele tenta não ensaiar o que vai dizer para Ryan, porque não quer que pareça uma apresentação. Todos os encontros anteriores dele foram tentativas desanimadas com um garoto da cidade que o conhece há tempo demais. Nenhum dos dois tinha certeza do que queria, então eles tentaram colocar um ao outro no vazio. Mas nunca deu certo, e só aconteceu por acaso de Avery perceber cinco minutos antes de Jason.

— Tudo está bem quando termina bem — dissera Jason, e essa frase já mostrava por que Avery não se interessava. Ele queria estar com uma pessoa que soubesse que estar bem não era a mesma coisa que terminar bem.

Um garoto de cabelo azul deve saber isso, pensa Avery. Ou, pelo menos, há uma chance de que saiba.

Avery está prestes a descobrir.

Depois de um ano, Peter e Neil sentem que passaram da fase de descobertas. Mas temos certeza de que eles vão descobrir continuamente que não é bem assim. Sempre há alguma coisa nova para se aprender sobre a pessoa que você ama.

Neil não fica surpreso ao chegar à casa de Peter e encontrá-lo ainda de cueca boxer, sentado no chão da sala de jogos, navegando em um mundo de fantasia pelo videogame.

— Me desculpe — diz Peter. — Estou quase conseguindo que a Guilda de Magos assine meu tratado. Vinte minutos, eu juro.

Neil foi tolo de esquecer o dever de casa, então vai até o quarto de Peter e pega o dele para fazer. Seria uma coisa se o jogo de Peter envolvesse quantidades imensas de batalhas e lutas com espadas. Mas, pelo que Neil consegue perceber, trata-se mais de fazer e romper alianças. Em outras palavras, política, só que com barbas e capas. Não era o tipo de coisa que ele gostava. *Banho de Sangue nos Balcãs 12*, o jogo que ele levou no dia anterior, está no chão.

Peter sabe que Neil não gosta, mas não consegue deixar de jogar mesmo assim. Porque, quando o tratado for assinado, ele vai poder viajar para o mundo das ninfas aquáticas pela primeira vez.

Ele nem repara no que Neil está fazendo até terminar. Tratado conseguido, ele vê que Neil está na metade do dever dele de inglês.

— Eu posso fazer isso — diz Peter.

Ele sabe que deveria gostar quando Neil faz seu dever, mas não gosta. Ele sabe que Neil faz porque é mais fácil para ele… e é precisamente por isso que Peter não gosta.

— Você tem coisas mais importantes a fazer — diz Neil. — Afinal, o que é John Steinbeck em comparação com o destino da Guilda de Magos?

— Eu gosto de Steinbeck.

— Sabe o que seria legal?

— O quê?

— Se seu jogo fosse debaixo da água.

Peter sabe que Neil quer chegar a algum lugar com isso. Fazer alguma piada. Mas não consegue identificar qual é.

Ele desiste e pergunta por quê.

— Porque aí os magos poderiam ser peixes, e poderia haver a guerra da Guilda dos Magos com Guelras.

Peter dá um sorrisinho.

— Caí direitinho nessa, não foi?

— Nadou em vez de cair.

Peter gosta dessas piadas, dessas brincadeiras. Gosta mesmo. Mas nem sempre ele está com humor para elas. Às vezes, deseja namorar alguém um pouco mais burro, ou pelo menos alguém que não pensa em todas as palavras de todas as frases que diz.

Neil não percebe que passou um pouco do limite. Ele muda de assunto, mas não porque sente que tem alguma coisa (levemente) errada. Na verdade, sua percepção natural do ritmo da conversa sabe que é hora de seguir em frente.

— Panqueca — diz ele. — Acho que a gente precisa de panqueca.

Desta vez, Peter sabe o que está vindo e entra na brincadeira. Eles começam a pular em uma perna só, gritando:

— I-hop! I-hop!

Somos idiotas maravilhosos, pensa Peter.

Costumamos acreditar que a verdadeira medida de um relacionamento é a capacidade de nos expormos. Mas algo deve ser dito a favor de exibir sua plumagem também, de encontrar a verdade tanto na besteira quanto nas coisas sérias.

Seu humor é sua bússola e seu escudo. Você pode transformar em arma ou pode puxar as tiras e fazer um cobertor de algodão doce. Não dá para viver de uma dieta só de humor, mas também não dá para viver de uma dieta sem humor.

Nem todos os comentários do mundo poderiam impedir Oscar Wilde de virar um tolo apaixonado. Mas ele se recuperou no final. Mais de um de nós pegam emprestadas as últimas palavras dele, olhando ao longe e murmurando:

— Ou o papel de parede vai embora, ou vou eu.

Houve até variações:

— Ou o prefeito vai embora, ou vou eu.

Ou:

— Mãe, ou esses sapatos vão embora, ou vou eu.

Talvez não tenham sido nossas exatas últimas palavras, e talvez também não as últimas palavras de Oscar Wilde. Mas vocês entenderam. Quando o fim chegar, haverá coisas importantes a se dizer, sem dúvida. Mas também haverá aquela última gargalhada, e vocês vão desejá-la.

A gargalhada raramente dura mais do que uns poucos segundos, é verdade. Mas como esses poucos segundos são deliciosos.

Antes de Craig e Harry começarem o beijo, eles ganham alguns presentes engraçados.

Os pais de Harry presenteiam os dois garotos com uma lata de Binaca. Damos risadas quando fica claro que nenhum dos dois sabe o que é. Como poderíamos explicar? Antigamente, quando você queria ficar com hálito de menta, você pegava uma latinha de metal e borrifava Binaca na boca. Não importava se era para esconder o bafo de álcool ou um simples mau hálito; dava para confiar que a explosão mentolada seria eficiente. O gosto não era nada natural, e, se você fosse usar antes de beijar alguém, sempre funcionava melhor se os dois usassem uma dose, para poderem sentir o gosto químico juntos. Em nosso arsenal de subterfúgios, era uma seleção bastante inofensiva. Rimos da presença dele agora, da mesma forma que o Sr. e a Sra. Ramirez riem. Depois da explicação, Harry e Craig agradecem, mas nenhum dos dois experimenta o spray. Eles estão mascando chiclete.

Rachel, amiga deles, mostra que decorou um penico com o rosto de um famoso apresentador de talk-show de rádio. Eles não vão poder usar durante o beijo, mas talvez logo depois. Smita pega um saco de corações de dia dos namorados, nada fáceis de encontrar fora de temporada, e mostra que encheu o saco de corações escritos ME BEIJE. Outro amigo, Mykal, escolheu outro festejo e prendeu um pedaço de visco (também difícil de encontrar fora de temporada) na ponta de uma vara de pescar para poder pendurar em cima da cabeça deles quando eles estiverem se beijando.

Por fim, é a vez de Tariq. Ele está arrumando as câmeras e cuidando para que tudo esteja posicionado de maneira correta, para que as lâmpadas que iluminam o jardim também iluminem Harry e Craig ao cair da noite. Se o beijo der certo, ninguém vai simplesmente acreditar na palavra deles. Tudo precisa ser documentado precisamente, então Tariq montou um arsenal de câmeras e tem uma tropa de baterias sobressalentes à mão. O beijo não só vai ser gravado, mas vai também ser transmitido ao vivo, para que nenhuma acusação possa ser feita de que foi falso ou que alguma pausa foi editada. Três professores da escola se ofereceram para se revezarem como testemunhas. A Sra. Luna, chefe do departamento de matemática, é a primeira.

Mas, primeiro, Tariq tem presentes a dar.

O primeiro exige que ele arraste uma bolsa pela grama.

— Isso é um corpo? — pergunta Harry.

— Ou quem sabe só uma cabeça — diz Craig.

Eles não palpitaram mal. Com um sorriso, Tariq pega um busto de Walt Whitman, para oficializar o evento. E então, a fim de demarcar a ocasião, Tariq recita um dos poemas de Whitman:

Nós dois abraçados, dois garotos
Um sem nunca deixar o outro,
Seguindo para cima e para baixo pelas estradas,
* fazendo excursões por norte e sul,*
Desfrutando o poder, esticando os cotovelos, agarrando
* com os dedos,*
Armados e destemidos, comendo, bebendo, dormindo,
* amando,*
Sem lei maior do que sendo donos de nós mesmos,
* velejando, combatendo, roubando, ameaçando,*
Alarmando avarentos, medíocres e religiosos, respirando
* o ar, bebendo a água, dançando na relva da praia,*

*Destruindo cidades, debochando da calma, zombando
    das regras, perseguindo a fraqueza,
Executando nossas invasões.*

Todos aplaudem.

Em seguida, Tariq pega seu segundo presente: um iPod com exatamente 32 horas, 12 minutos e 10 segundos de música, cada uma escolhida e posta em sequência com o mesmo cuidado que um DJ teria. Todas as músicas favoritas de Harry e de Craig estão nele, assim como centenas de músicas "doadas" por amigos.

— É só avisar quando apertar o play — diz Tariq.

Eles estão quase na hora de começar.

Em outra cidade do mesmo estado, Cooper percebe que um tanque cheio de gasolina só vai resolver um de seus problemas, e um dos menores.

Ele para no estacionamento de um Walmart. Pega o celular e olha a lista de contatos. É o que todos parecem ser para ele, contatos. Pessoas com quem ele tem contato. Contato na aula. Contato no corredor ou no almoço. Não amigos. Não de verdade. Não se ser amigo de alguém quer dizer não ser falso. Ele é falso com todos eles. Será que alguns deixariam que ele fosse para suas casas se ele pedisse? Claro. Será que alguns escutariam o que aconteceu, se preocupariam por ele? Provavelmente. Mas quando ele tenta desenvolver a ideia com qualquer um deles, não dá certo. Não ajuda. Só acrescenta observadores ao que é essencialmente um peso seu e só seu.

Portanto, ele fecha a lista de contatos. Abre um aplicativo. Decide conversar com alguns estranhos.

Há dez mensagens em seu celular. Ele as ignora.

Avery chega em Kindling com nervosismo crescente. Ele se lembra de tudo sobre Ryan, mas não sabe muito sobre ele. E se a noite anterior foi uma aberração? E se, à luz comum de um dia comum, a sensação de serendipidade se dissipar?

Nós chamávamos isso de *ilusão esperançosa*. O medo de a noite ser na verdade um mundo tingido de cor-de-rosa e de a manhã mostrar que as coisas que você tinha esperança de que estivessem acontecendo na verdade não estavam, que seu coração se precipitou. E, sejamos sinceros, muitas vezes isso era verdade: a força da solidão era forte e nos deixava tontos. Ou a euforia das horas de hélio era forte o bastante para nos levar até o reino da improbabilidade. No dia seguinte, a onda de energia já tinha passado. No dia seguinte, sobrava pouco para um dizer para o outro.

Mas às vezes, às vezes ela estava lá. A magia que tínhamos criado permanecia. Talvez até crescesse à luz do dia. Porque, se pudesse ser parte de nosso dia, isso significava que podia ser parte de nossas vidas. E, se podia ser parte de nossas vidas, era uma magia que valia muitos riscos e saltos.

Passamos por isso tantas vezes, mas Avery nunca se sentiu assim. Ele ainda não sabe que a dúvida paira sobre a expectativa como abelhas sobre flores. O truque é não deixar a dúvida intimidar você a ponto de fazê-lo ir embora. A dúvida é um risco aceitável pela felicidade.

Contamos os minutos até Avery chegar à casa de Ryan. Contamos os segundos até Ryan abrir a porta e sair. Porque sabemos que o melhor antídoto para a dúvida é a presença. A magia se apaga naturalmente com a distância. Mas a proximidade... bem, quando funciona, a proximidade amplifica a magia.

O garoto de cabelo azul sorri ao se aproximar do garoto de cabelo rosa. O garoto de cabelo rosa sai do carro e encontra o garoto de cabelo azul o esperando. Eles se cumprimentam. Hesitam por um momento constrangedor. Depois, hesitam em um abraço de boas-vindas, um abraço de reencontro, um abraço de *isso significa alguma coisa*.

A expectativa não é mais necessária porque o momento é agora.

Harry e Craig fizeram a última pausa para banheiro das próximas trinta e duas horas, doze minutos e dez segundos. As câmeras estão prontas para rodar. A Sra. Luna segura um cronômetro. Outros amigos se reuniram. Os pais de Harry fazem sinal de positivo para os garotos.

Está na hora.

Harry se inclina e sussurra no ouvido de Craig:

— Eu te amo.

E Craig se inclina e sussurra no ouvido de Harry:

— Eu também te amo.

Ninguém os escuta além de nós.

Chega a hora. Meses de preparação, semanas de treino e anos de vida levaram a esse momento.

Eles se beijam.

Harry já beijou Craig tantas vezes, mas este é diferente de todos os beijos que vieram antes. No começo, houve os beijos excitados dos encontros, os beijos usados para pontuar o sentimento de um pelo outro, os beijos que eram a prova e o motor do desejo deles. Depois, os beijos mais sérios, os beijos de *está ficando sério*, seguidos dos beijos de relacionamento; esses, às vezes intensos, às vezes resignados, às vezes brincalhões, às vezes confusos. Beijos que levaram a pegações e beijos que levaram a despedidas. Beijos que marcaram território, beijos particulares, beijos que duraram horas e beijos que acabaram antes mesmo de começarem. Beijos que diziam: *Eu conheço você*. Beijos que suplicavam: *Volte para mim*. Beijos que sabiam que não estavam dando certo. Ou, pelo menos, os beijos de Harry sabiam que não estavam dando certo. Os beijos de Craig ainda acreditavam. Assim, os beijos acabaram. Harry precisou dizer para Craig. E foi ruim, mas não tão ruim quanto ele temia. Eles construíram uma amizade forte o bastante para suportar o desaparecimento dos beijos. Ficou desequilibrada no começo, sem dúvida; seus corpos não sabiam o que fazer, pois o magnetismo do beijo ainda estava lá, porque mesmo quando a mente desliga o romance, às vezes o corpo demora um tempo para receber a mensagem. Mas eles superaram isso e nunca pararam de se abraçar, nunca abandonaram todo o contato. E então, Craig teve essa ideia, e Harry quis participar. Tempo suficiente tinha passado para que, quando eles recomeçaram a se beijar, a eletricidade já tivesse ido embora e sido substituída por alguma coisa mais parecida com arquitetura. Eles estavam se beijando com um objetivo, mas o objetivo não era eles; era o beijo em si. Eles não estavam usando o beijo para manter o amor vivo, mas estavam usando a amizade para manter o beijo vivo. Primeiro, durante minutos. Depois, por horas. O mais difícil quando eles ficavam se beijando por horas era ficar acordado. Era a concentração. Estar ligado a outra pessoa, mas totalmente recolhido dentro de si. Porque, quando você beija alguém, não consegue ver a pessoa. Ela se torna uma mancha. Você precisa usar o tato como orientação, a respiração como conversa. Depois de muitas tentativas, eles encontraram o ritmo. Chegaram a dez horas em um domingo. Foi o mais longe que chegaram. E agora, aqui estavam eles, tentando chegar a mais de três vezes aquele tempo. Só para fazer uma manifestação. E talvez fossem as horas todas e talvez fosse a manifestação, mas o beijo é muito mais intenso do que Harry pensava que seria. Seus lábios fazem contato e Harry sente uma mudança. Não vem do passado, mas é criada no presente. Apesar de não ser o que eles planejaram, ele se vê passando o braço pela cintura de Craig, se vê puxando-o para mais perto, beijando-o um pouco mais do que nos beijos de ensaio. O pequeno grupo grita por eles, e Harry sente Craig sorrir sob seus lábios. Ele consegue sentir o sorriso na respiração de Craig, nos lábios, no corpo. Harry quer sorrir também, mas é tomado por uma coisa mais profunda por que um sorriso, uma coisa ampla e inarticulada que enche seus pulmões, ocupa sua cabeça. Ele não faz ideia de em que se meteu, não faz ideia do que isso tudo significa. Ele achava que sabia. Tinha pensado no assunto tantas vezes. Mas de que adianta a abstração quando se trata de um beijo? De que adianta planejar? Harry beija Craig e sente que há uma coisa maior do que os dois bem ao redor do beijo. Ele não estica a mão para alcançar essa coisa, ainda não. Mas sabe que está ali. E isso o torna diferente de qualquer outro beijo que eles já deram antes. Ele sabe disso imediatamente.

Craig ainda está balançado pelo *eu te amo* que Harry sussurrou para ele. É nisso que ele está pensando quando o beijo começa.

Tariq toma conta para que todas as câmeras e computadores estejam funcionando. Toma conta para que a transmissão ao vivo esteja funcionando.

Nesse momento, Tariq é o único expectador online.

Nós nos acomodamos. Nós assistimos.

Ryan não convida Avery para entrar em casa, e Avery não pergunta por quê.

— Pra onde vamos? — pergunta Avery quando os dois estão acomodados no carro. — O que Kindling tem de melhor a oferecer?

Ryan está dividido. O Kindling Café é sem dúvida o melhor que Kindling tem a oferecer. Mas, por causa disso, a maior parte das pessoas da escola vai estar lá em um sábado, usando o wi-fi e batendo papo. Se ele levar Avery para lá, o encontro vai se tornar um evento de grupo, e ele não quer que se torne um evento de grupo, ainda não.

Portanto, só há um destino que faz sentido.

— O rio — diz ele para Avery — O que você acha de seguirmos para o rio?

— Acho excelente a ideia de irmos para o rio.

É exatamente o que Ryan quer ouvir.

Uma das muitas coisas horríveis de morrer como morremos era a forma que isso nos roubava o mundo exterior e nos prendia no mundo interior. Para cada um de nós que conseguiu morrer pacificamente em uma cadeira de varanda, com o cobertor sobre o corpo, enquanto o vento soprava o cabelo e o sol aquecia o rosto, houve centenas de nós cuja última imagem do mundo foi paredes brancas e maquinário metálico, um vislumbre de janela, as flores inadequadas em um vaso, representantes escolhidos da natureza que perdemos. Nosso último suspiro foi de ar com temperatura controlada. Morremos debaixo de tetos.

Ou o papel de parede vai embora, ou vou eu.

Isso nos deixa mais agradecidos agora por rios, mais agradecidos pelo céu.

* * *

Avery acha que eles vão só sentar à margem do rio e conversar. Mas Ryan tem planos mais complicados do que isso; ele liga para a tia e pergunta se eles podem estacionar no quintal dela e pegar a canoa emprestada. Ela diz que sim, claro. Portanto, em vez de seguirem para a margem do rio, eles seguem para dentro dele. O barco é grande o bastante para dois, um na frente e outro atrás. A correnteza não é muito forte e o espaço entre as margens não é muito largo. Eles seguem correnteza acima sem falar muito, só comentando sobre as casas pelas quais passam, sobre as formas das montanhas contra o céu. Logo eles chegam a um trecho mais tranquilo e um canto mais raso.

— Aqui — diz Ryan. — Um ponto mais raso.

Eles guardam os remos e Ryan se vira de forma que eles ficam de frente um para o outro.

— Oi — diz ele.

— Oi — responde Avery.

— Eu teria trazido equipamento de pesca, mas é tão, ah, cruel com os peixes.

— Eu sou vegetariano.

— Eu também.

Um sorriso.

— É claro que é.

Avery se inclina um pouco e abre os dedos dentro da água. A sensação de criar uma corrente, mesmo que pequena, é gostosa. O ar está leve e a água está silenciosa, com árvores que se inclinam sobre a margem para escutar as ondinhas. O barco balança delicadamente.

— Qual é a sua história? — pergunta Ryan.

Avery olha para ele, com a mão ainda na água.

— Minha história?

— É. Todo mundo tem pelo menos uma.

Por alguns minutos desconfortáveis, Avery fica com medo de Ryan achar que ele é mutante, que ele é uma piada, de querer que ele conte tudo. Mas Avery percebe, pela expressão de Ryan, que não, não é isso. Ryan está tentando criar uma conversa e quer que seja uma conversa importante. Afinal, o que é mais importante do que a história de uma pessoa?

— Posso começar se você quiser — oferece-se Ryan.

— Claro — diz Avery. — Você começa.

Pois é um pouco mais seguro assim. Avery não sabe como pode contar *uma* história sem contar *a* história, e quer ter certeza de que Ryan estava mesmo procurando uma coisa grandiosa assim quando fez a pergunta.

— Tudo bem — diz Ryan. — Aqui vai.

Ele respira fundo de uma forma linda e nervosa, e expira o começo da história. Ele conta a Avery que quase todo mundo da família nasceu aqui e que quase todo mundo da família ficou aqui. Seu pai foi a grande exceção. Ele foi embora quando Ryan tinha 3 anos, e Ryan e a mãe ficaram presos naquela situação durante cinco anos, até ela conhecer o padrasto dele, Don. Ele não é ruim como padrastos costumam ser, mas também não é o que Ryan teria escolhido. É muito antiquado quanto ao que homens fazem e mulheres fazem. A mãe de Ryan não se incomoda com isso, ela gosta que ele mande em tudo. Mas Ryan se incomoda, sim. Eles tiveram dois filhos juntos, as meias-irmãs de Ryan, Dina e Sharon.

— Dina é um doce — diz Ryan — e Sharon vai crescer e virar um monstro. Ela só tem 8 anos, mas dá pra perceber. Se as coisas não forem como ela quer, o mundo tem que pagar por isso, sabe como é?

Avery assente, e Ryan continua.

— Pois é. Esse é meu passado. Eu cresci aqui e às vezes brigo com meus pais. Minha tia Caitlin salva minha vida diariamente. Tudo bem, estou exagerando. Ela salva minha vida toda *semana*. Ela percebeu logo que eu era gay. Minha mãe estava perdida demais em si mesma para perceber, e Don não queria ver, então ignorou. Caitlin esperou que eu falasse com ela. Eu tinha outras coisas em que pensar primeiro; Don, minhas irmãs e como me encaixar em Kindling. A liga infantil, essas coisas. Mas acabei percebendo para quem eu olhava, e não era para as garotas. Vou ser sincero, quase surtei. Tentei gostar de garotas. Tentei mesmo.

— E como foi isso? — pergunta Avery, deixando a voz soar meio brincalhona.

Ryan finge dar um suspiro.

— Bem... eu saí com Tammy Goodwin durante quase um ano, no quarto ano. Foi sério mesmo. Compramos bichos de pelúcia um pro outro e tudo no dia dos namorados. Isso é praticamente casamento no quarto ano, né? Quando cheguei ao ensino médio, já sabia quem eu era. E quando contei pra Caitlin, ela não ficou nada chocada. Ela me trouxe pra este rio, nesta canoa, e conversamos sobre um monte de coisas. Ela não é muito mais velha do que eu, vai fazer 30 anos, e tem tanta sorte com rapazes quanto eu. Foi ela quem me convenceu de que eu não devia tentar me esconder. Disse que se esconder nunca dava certo. Disse que meu pai passou tanto tempo se escondendo que foi impossível para ele ser feliz aqui. Ele não é gay; acho que isso tudo faz parecer que ele é. Não é. Mas não queria ficar aqui. Nunca quis ficar aqui. Só não era forte o bastante pra contar pra minha mãe até ser tarde demais.

Ryan continua contando que não tem muitas notícias do pai agora. Só uma ligação de vez em quando. Ryan foi visitá-lo uma vez na Califórnia, e foi um desastre. Ele tinha 12 anos, mas o pai planejou a viagem como se tivesse 7.

— Ele se esforçou muito, mas do jeito errado. Achava que a Disneylândia podia deixar tudo melhor, sabe? Ficamos logo sem ter o que dizer. Mandei um e-mail pra ele quando saí do armário pra todo mundo, e a reação dele foi uma das melhores que recebi. Ele me disse pra fazer o que eu quisesse. Mas parte de mim sentia que era fácil pra ele não se importar porque ele já tinha desistido de mim um tempo antes. Ele não estava tão envolvido quanto todo mundo.

Ryan para agora e fica envergonhado assim que sai da história.

— Nossa — diz ele. — Estou falando muito.

— Não — diz Avery. — Continua. Como as outras pessoas reagiram?

— Ah, você sabe. Mamãe chorou. Muito. Don ficou com raiva. Não de mim, na verdade. Mas do fabricante, por ter dado a ele um enteado defeituoso. Mas minhas irmãs aceitaram bem. E a maioria dos meus amigos. As primeiras reações de alguns foram meio assustadas, porque alguns dos garotos ficaram se perguntando se eu estava secretamente apaixonado por eles. E era verdade em um caso, mas não deu em nada. As garotas reagiram bem, até as religiosas. Bem, com uma exceção também. Os boatos inevitáveis começaram, e decidi que a única coisa a se fazer era confirmá-los, então tingi o cabelo e comecei a usar bottons LGBT na mochila e comecei a fundar uma aliança gay-hétero. Os babacas da escola tiveram as típicas reações babacas. Mas havia alguns outros garotos gays, então nós nos unimos. Namorei um cara, Norris, por uns dois segundos, o tempo que demorou pra percebemos que a única coisa que tínhamos em comum era o fato de sermos gay. Nosso orientador na aliança, o Sr. Coolidge, é um cara super legal, e ele conseguiu realizar muitas coisas, inclusive o baile de ontem. Foi ideia dele. O baile gay. Fizemos contato com todas as alianças gay-hétero das redondezas. Foi assim que você ficou sabendo?

— Um amigo me marcou no evento do Facebook — diz Avery. — Nossa aliança gay-hétero é meio ruim.

— Ah, tanto faz o que levou você lá. Estou feliz por ter ido. Acho que é a última virada na minha história, não é?

Avery acha que parece uma responsabilidade ser parte da história de outra pessoa. Ele sabe que Ryan está dizendo de brincadeira, não de uma forma pesada. Sabe que Ryan está dizendo para mostrar que acabou de contar sua história, o que significa que é hora de Avery começar. Avery não sabe se Ryan já é parte de sua história, mas o motivo disso poderia ser que ele não sente que alguém possa ser parte verdadeira de sua história enquanto não ouvi-la e aceitá-la.

Eles estão vagando na água; não muito, só um movimento gradual. Avery percebe que sua mente se desvia para uma pequena parte da história de Ryan, um pequeno ponto de comparação. Quando ele emerge do breve pensamento, vê que Ryan o está observando, querendo saber o que ele vai dizer em seguida.

— Eu só estava pensando em você e sua tia nessa canoa — explica Avery. — Que deve ter sido legal conversar aqui. Pra mim, sempre é um conselho de guerra na mesa da cozinha. Nós contra o mundo. Sempre elaborando um plano.

— Parece estressante.

— É, mas pelo menos todo mundo na minha casa está do mesmo lado. Sei o quanto tenho sorte por isso. E o quanto não tenho de outras formas.

— Não tem sorte como? — pergunta Ryan.

E chega a hora. É nesse momento que Avery precisa decidir o quanto deve contar, o quanto deve se abrir para Ryan. Como todas as outras pessoas, Avery considera seu mundinho pessoal um lugar assustador, complicado, inescrutável. Uma coisa é mostrar a alguém sua melhor e mais limpa versão. É bem diferente deixar que ele conheça seu eu profundo e irregular.

Aqui, à luz do dia, será que Ryan já reparou? Será que já sabe? Se sabe, não parece ligar. Ou talvez isso seja mais do que esperança da parte de Avery.

Chega, diz para si mesmo. *Apenas fale com ele.*

A primeira frase da verdade é sempre a mais difícil. Cada um de nós teve uma primeira frase, e a maioria de nós encontrou forças para proferi-la em voz alta para alguém que merecia ouvir. O que esperávamos e o que descobrimos foi que a segunda frase da verdade é sempre mais fácil do que a primeira, e a terceira é mais fácil ainda. De repente, você está falando a verdade em parágrafos, em páginas. O medo e o nervosismo ainda estão lá, mas uma nova confiança se une a eles. O tempo todo, você usou a primeira frase como fechadura. Mas agora, descobre que é a chave.

— Eu nasci garoto no corpo de uma garota — começa Avery.

Mas ele para e observa a reação de Ryan. Que é de surpresa. Seus olhos se arregalam um pouco. Depois se apertam quando ele olha bem para Avery, quando percebe. Avery se sente um corpo em exposição.

Ou talvez Ryan só esteja esperando pela próxima frase.

— Continue — diz ele. Seu tom é encorajador.

— Acho que ficou óbvio pra todo mundo desde o começo. E meus pais são muito... liberais, eu acho. Praticamente hippies. Então eles tentaram fazer parecer que eu era normal. Ou pelo menos que estava passando por uma coisa normal. Agora, consigo ver a tensão e o quanto teria sido mais fácil para todos nós se eu não tivesse nascido menina. Mas eles nunca me fizeram surtar. Foram todas as outras pessoas que fizeram. Bem, nem todas. Algumas pessoas aceitaram bem. Mas muitas pessoas não. Passei muito tempo estudando em casa. Moramos em várias cidades tentando encontrar os médicos certos. Acabamos encontrando, assim como outros integrantes da minha tribo. A maioria online. Mas meus pais e eu também frequentamos convenções. Começaram a me dar hormônios cedo para meio que me impedir de entrar no tipo errado de puberdade. Estou dando informações demais? Tenho certeza de que você não quer todos os detalhes.

Ryan se inclina na direção de Avery, e o barco balança de um lado para o outro. Avery se segura na lateral, e Ryan coloca a mão em cima da dele.

— Me conte o que você quiser contar — diz ele. — Tudo bem.

Avery treme e consegue sentir o tremor se espalhar pelo barco, pela água, até a superfície ficar calma de novo, até sentir os nervos ficarem calmos o bastante para continuar a falar. É muita coisa cedo demais, mas, agora que ele está falando, não pode parar. Está falando sobre hormônios e cirurgias que aconteceram e cirurgias que vão acontecer, e o tempo todo a única coisa que ocupa sua cabeça é se Ryan o vê como garota ou garoto. Agora que sabe, será que Avery ainda é um garoto aos olhos dele?

Ryan está medindo as palavras seguintes com cautela; na verdade, as está pesando, experimentando-as em pensamento, enquanto Avery fala. Não o culpamos. Sabemos que às vezes é difícil receber a verdade de alguém. Não tão difícil quanto contar, mas ainda difícil se você se importa com a maneira como sua resposta será recebida.

Finalmente, ele diz:

— Gosto do que for que torna você a pessoa que é. — É o tipo de coisa que sua tia Caitlin diria para ele quando ele estava tentando entender as coisas. E então, para mostrar que acha que essa não é a história toda de Avery, ele pergunta: — Você tem irmãos ou irmãs?

A conversa continua, e os deixamos conversando. Observamos de longe o barco vagando sem rumo por quase um quilômetro e meio, sem nenhum dos dois realmente perceber.

* * *

É possível dar palavras, mas não é possível tomá-las. E quando palavras são dadas e recebidas é que elas são compartilhadas. Nós lembramos como era isso. Palavras tão reais que eram quase tangíveis. Há conversas das quais vocês se lembram, sem dúvida. Porém, mais do que isso, há a sensação da conversa. Vocês vão se lembrar disso, mesmo quando as palavras precisas começarem a se apagar. Vão lembrar que deram, vão lembrar que receberam. O quanto se sentiram próximos dessa outra pessoa, o quanto essa proximidade foi incrível. O compartilhamento de palavras se torna tão importante quanto as palavras em si. A sensação fica com vocês, prende vocês ao mundo.

Foi ideia de Craig beijar assim. E, depois de meia hora, ele ainda não entende o que estava pensando.

Há muitas raízes nisso. Uma delas vai fundo e está diretamente ligada à sua infância, a todas as horas que ele passou lendo o *Guinness World Records* e sonhando com o dia em que estaria nele. Quanto mais estranho o recorde, melhor: a maior torta de cereja do mundo ou o homem que conseguia enfiar mais pregos na boca. Quando criança, ele deve ter pulado a seção de beijos. Nojento demais.

E tem a raiz que vai mais fundo, que vai direto ao local onde Tariq está com as câmeras e os monitores de computador, cada um preso a uma extensão ligada dentro da escola. Craig e Harry não eram amigos de Tariq antes de ele ser agredido. Apesar de todos já terem se assumido, eles não frequentavam os mesmos círculos. Mas, quando Craig e Harry souberam que ele estava no hospital, souberam o que tinha acontecido, sentiram a distância evaporar. Craig o vê no dia em que o visitaram em casa, o corpo uma coleção desconjuntada de hematomas, o sorriso habitual doloroso demais para ser mostrado. Craig chorou; bem ali, na sala da casa de Tariq, ele chorou e se sentiu péssimo. Tariq disse que estava tudo bem, que tudo estava bem, que não o tinham matado. Costelas cicatrizam. Hematomas somem. Mas Craig não conseguia parar de chorar. Não só porque Tariq estava ferido, mas porque era tão sem sentido, tão enormemente errado. Harry tentou consolá-lo, Tariq disse mais palavras tranquilizadoras, e Craig queria sentir *raiva*, queria sentir ira pura, mas era a tristeza que tomava conta dele, uma tristeza extrema e impotente. Ele se recuperou naquele momento: parou de chorar, deixou Tariq dizer para eles o que queria dizer. Mas, nas semanas seguintes, a tristeza não ia embora. Na escola, ele conseguia se distrair, e, com Harry e Tariq, conseguia esconder. Mas, quando chegava em casa, a tristeza tomava conta dele. Porque sua família não sabia e não podia saber. Eles não dariam uma surra nele. Não quebrariam suas costelas. Ele sabia disso. Mas tinham outras formas de quebrá-lo: com silêncio, com decepção, com reprovação. Seu pai jamais aceitaria quem ele é. Nunca. E sua mãe acompanharia seu pai nisso. Eles tinham suas crenças, e suas crenças eram mais fortes do que qualquer crença que tinham nele. Talvez fosse desse poço que sua tristeza estivesse sendo tirada.

Ele sabia como era se afogar nela, sentir a tristeza subindo pelo pescoço, pela sua boca, pelos seus olhos. Por um longo tempo, pensou ter um demônio nos ombros, empurrando-o para baixo para que ele se afogasse mais rápido. O demônio gostava de garotos, o que mais queria era beijar um garoto. Craig não conseguia se livrar dele, por mais que desejasse, por mais que fizesse promessas a Deus. Mas então ele conheceu Harry, e de repente o demônio se revelou amigo. Ele ofereceu a mão para Craig, puxou-o para cima. Craig emergiu, ofegante, da tristeza; depois, montou uma represa para mantê-la longe. Não deixou Harry ver, assim como não deixou os pais verem. Tinha que ficar dentro dele, contido. Quando Harry terminou com ele, a represa despencou. Ele começou a se afogar de novo, mesmo fingindo para Harry e os amigos que sabia nadar. Smita ficou de olho nele, e, de sua forma, Harry também. A amizade deles o ajudou a reconstruir a represa. Ele ainda tinha sua vida dentro de casa e sua vida fora de casa, mas estava quase acostumado com isso. Tudo estava sob controle. Até ele ver Tariq depois da surra e sentir no coração que esse era seu futuro, que dessa vez os demônios eram tão ruins quanto ele temia, e que acabariam vencendo.

Ele odiava se sentir assim. Odiava se sentir impotente. Refletiu sobre o que podia fazer. Como poderia se defender? Ele sabia que vingança não era uma opção. Não queria procurar os caras que deram uma surra em Tariq. Não queria puni-los. Mas tinha que haver alguma forma de mostrar ao mundo que ele era um ser humano, um ser humano igual.

Ele pensou em manifestações. Em gestos. Em fazer o mundo ver. Em seguida, pensou em recordes mundiais e teve a ideia do beijo.

Não havia nada nas regras que impedisse. Para o livro dos recordes, um beijo era um beijo, sem importar quem estava beijando. Os organizadores dos recordes só prestavam atenção para que as duas pessoas estivessem de pé o tempo todo, para que não fizessem pausas, para que os lábios estivessem sempre se tocando.

O único detalhe era que Craig não podia fazer isso sozinho, e ele sabia que a única pessoa com quem podia fazer era Harry.

Harry não hesitou. Achou uma grande ideia. E, quando os dois contaram a Tariq sobre o beijo, isso pareceu ajudá-lo a se afogar um pouco menos também. Harry era um sonhador, não um planejador, então Craig e Smita e Tariq eram os que precisavam decidir todos os detalhes de logística. Craig tinha certeza de que tinha esquecido algumas coisas, mas aqui estavam eles. Aqui estava ele. Beijando Harry. Smita foi implacável nas provocações: *Claro que há formas menos elaboradas de fazer com que seu ex beije você de novo.* Mas a questão não era essa. Ou, pelo menos, foi o que Craig ficou dizendo insistentemente para si mesmo. Era Harry porque eles eram da mesma altura (sem provocar esforço no pescoço), porque ele e os pais estavam a bordo, porque ele levava a sério, porque eles treinaram os corpos e mentes para isso de uma forma que só duas pessoas muito próximas podem fazer. Os lábios de Harry são tão familiares para Craig. Ele conhece esses lábios de cor. Mesmo assim, cada vez que eles estavam juntos, era um pouco diferente, cada vez era uma nova emoção. Esses lábios. Os braços de Harry ao redor dele. O equilíbrio dos dois juntos. Craig poderia se perder nisso se não houvesse a necessidade de continuar por mais 31 horas, se não houvesse gente assistindo, se envolvesse só ele e Harry, e não ele, Harry e o mundo. *Não pense nisso como um beijo nele*, dissera Smita. *Pense como sendo ficar trinta e duas horas de pé com os lábios juntos.* Mas como ele poderia não pensar naquilo como um beijo? Ele se lembra da primeira vez que Harry o beijou, inclinado sobre ele no cinema com os créditos passando. Da surpresa da situação. Uma surpresa bem-vinda. O mundo todo se estreitando para essa interseção de pele e hálito. E depois se expandindo, maior do que antes. Um ofegar de beijo. Seu corpo se lembra disso. Mesmo agora. Ainda agora. Eles têm seus sinais: para pedir água, para pedir o celular, para pedir uma massagem, para cancelar tudo. Mas não há sinal para o que está sentindo. Não há como sua mão assumir a forma de um ponto de interrogação. Ele olha nos olhos de Harry, perguntando-se em que está pensando. Harry o vê, e Craig consegue sentir seu sorriso. Mas ele ainda não sabe o que isso significa, nem o que nada disso significa, exceto pelo fato de ir até o fim.

Há pouco menos de cem pessoas assistindo-os online; a maioria é de amigos de Harry e Craig com preguiça demais para irem ver pessoalmente. Alguns desses amigos passam o link para outros amigos. *Você precisa ver isso*, eles dizem. Mais algumas pessoas se conectam.

Dois garotos se beijando. Vocês sabem o que isso quer dizer.

Para nós, era um gesto tão secreto. Secreto porque sentíamos medo. Secreto porque sentíamos vergonha. Secreto porque era uma história que ninguém estava contando.

Mas que poder isso tinha. Quer nós disfarçássemos com a desculpa de *Você será o garoto e eu serei a garota*, quer chamássemos de forma desafiadora pelo nome correto, quando nos beijávamos era quando sabíamos o quanto era um gesto poderoso. Nossos beijos eram sísmicos. Quando vistos pela pessoa errada, podiam nos destruir. Quando compartilhados com a pessoa certa, tinham o poder da confirmação, a força do destino.

Se juntarmos armários suficientes, temos o espaço de um quarto. Se juntarmos quartos suficientes, temos o espaço de uma casa. Se juntarmos casas suficientes, temos o espaço de uma aldeia, de uma cidade, de uma nação, do mundo.

Sabíamos do poder particular de nossos beijos. Depois veio a primeira vez em que fomos testemunhas, a primeira vez que vimos acontecer abertamente. Para alguns de nós, foi antes de termos sido beijados. Saímos de nossas cidadezinhas, fomos para a cidade grande e, ali nas ruas, vimos dois garotos se beijando pela primeira vez. E o poder agora era o poder da possibilidade. Ao longo do tempo, não era só nas ruas ou nas boates ou nas festas que organizávamos. Estava no jornal. Na televisão. Nos filmes. Todas as vezes que víamos dois garotos se beijando assim, o poder aumentava. E agora... ah, agora. Há milhões de beijos para serem vistos, milhões de beijos a um clique de distância. Não estamos falando de sexo. Estamos falando de ver dois garotos que se amam se beijando. Isso tem muito mais poder do que o sexo. E mesmo se tornando lugar-comum, o poder ainda está presente. Todas as vezes que dois garotos se beijam, o mundo se abre um pouco mais. Seu mundo. O mundo que deixamos. O mundo que deixamos para vocês.

Este é o poder de um beijo:

Ele não tem o poder de matar você. Mas tem o poder de trazer você à vida.

Ninguém está vendo Peter e Neil se beijarem. É só um beijo rápido quando eles saem do IHOP, antes de irem para casa. É um beijo cheio de maple, um beijo cheio de manteiga. É um beijo sem nada para provar. Eles não se preocupam com quem pode ver, quem pode passar por ali na hora. Não estão pensando em ninguém além deles mesmos, e até isso parece um pensamento posterior. É só parte de quem eles são juntos, uma coisa que eles fazem.

Enquanto anda pelos corredores do Walmart, Cooper não pensa em beijar. Ele está navegando pelo aplicativo e conversando com estranhos, e beijar não está na mente de nenhum deles. Ele entrou na loja porque estava ficando cansado do interior do carro, estava se sentindo idiota sentado no estacionamento com mães e idosos desfilando na sua frente com carrinhos de compras. Agora, ele anda pela loja enquanto sua mente se fragmenta em telas e janelas, torsos e seduções, informações e pedidos. A maior parte dos caras são mais velhos do que ele, alguns muito mais.

Cooper ignora os muito mais velhos, mas isso ainda deixa muitas opções.

— Oi, Cooper.

Ele nem reconhece o próprio nome no começo. Tem um cara dizendo para ele todas as coisas que quer que ele faça com a boca, e tudo que Cooper precisa fazer é digitar *Sim* e *Uau* e *Ah, cara* para que o homem continue.

— Cooper?

É a segunda vez que a pessoa fala, e ele ergue o olhar e vê uma garota chamada Sloan, da escola, olhando para ele de um jeito estranho. *Merda*, pensa ele, e enfia o celular no bolso.

Sloan ri.

— Você estava superconcentrado. Não quero interromper.

Cooper se pergunta o que ela viu. Era só uma tela de bate-papo. Sem fotos. Ela não está perto o bastante para ter lido, certo?

— Não era nada — murmura ele.

— Ah, sei tudo sobre sua vida secreta, Cooper.

Cooper sente que vai deixar alguma coisa cair, e nem está segurando nada. Sloan estuda com ele em algumas matérias. Às vezes, compartilham a mesa de almoço. Ele nunca a vê fora da escola. Como ela poderia saber de alguma coisa?

— Você é o policial disfarçado do Walmart, não é? Em busca de adolescentes delinquentes como eu. Meu delineador me torna uma grande suspeita de ser praticante de furtos. Sei o tipo de perfil que se tem aqui.

Cooper não sabe o que dizer.

— Interpreto seu silêncio como concordância. — Sloan levanta das mãos. — Verifique meus bolsos se precisar.

Por que ela simplesmente não vai embora? O telefone de Cooper está vibrando loucamente no bolso, e ele imagina que ela consegue ouvir cada vez que isso acontece.

Ela abaixa as mãos. Já captou a mensagem de que Cooper não entrou na brincadeira.

— Mas falando sério — diz ela. — O que você veio fazer aqui?

Ele quer muito que ela vá embora. Por isso, dá as respostas mais curtas possíveis.

— Compras.

— De quê?

— Gasolina.

— Gasolina?

Ele se sente idiota. Por que disse isso?

— Para a churrasqueira.

— Porque vai esquentar amanhã?

— Claro.

Esse é o problema de erguer uma barreira entre você e todo mundo: você vê, mas as pessoas não. Elas falam com você, mas você não consegue falar com elas. Elas se importam com coisas como o tempo e o que você foi comprar, e você não se importa com nada. É tão óbvio para você, mas é irritante o fato de que elas não entendem. Só acentua que o defeituoso é você, que quem não consegue ser normal é você, que quem precisa sofrer enquanto todo mundo vive suas ilusões é você. Nós sabemos. Já passamos por isso.

Se Sloan fosse sua amiga, ela veria que alguma coisa estava errada. Se Sloan fosse sua amiga, ela se sentiria à vontade para perguntar o que havia de errado. Mas Sloan não é sua amiga. É só uma garota que ele conhece. Um contato. Seu celular está descontrolado no bolso. Sloan olha para ele de um jeito engraçado. Por fim, ela diz:

— Tudo bem, Sr. Social. Até segunda. Boa sorte com a churrasqueira.

— Até segunda — diz Cooper.

Ele até tenta falar como se mal pudesse esperar. Porque isso vai fazer com que ela suma mais rápido.

A barreira permanece. Sloan segue em frente, e Cooper tira o celular do bolso. Os caras nem perceberam que ele não estava lá. Cooper olha para as conversas, ainda tentando encontrar o cara com quem realmente quer se encontrar.

Tantos homens e garotos com seus computadores, tantos homens e garotos com seus celulares. Todos atrás da onda similar à de uma droga, de fazer uma coisa aventureira, de fazer uma coisa que eles consideram ousada. Tantos homens e garotos se fragmentando, torcendo para que seus fragmentos sejam montados de novo do outro lado. Tantos homens e garotos experimentando essa nova forma de gratificação. Tantos homens e garotos ainda solitários quando a onda passa e os aparelhos estão desligados e eles ficam sozinhos com eles mesmos de novo.

Existe um termo para isso.

A palavra é *limbo*.

* * *

É melhor estar à deriva em uma canoa. É melhor puxar para trás o cabelo quando cai nos olhos. É melhor saber que tudo que você diz é verdadeiro. É melhor saber que tudo que você diz é ouvido.

Ryan pergunta a Avery sobre o cabelo rosa.

— Eu sei, é uma escolha estranha de cor, né? Pra um garoto que nasceu garota e quer ser visto como garoto. Mas pense bem: só mostra o quanto o sexo é arbitrário. Rosa é feminino, mas por quê? Garotas são mais cor-de-rosa do que garotos? Garotos são mais azuis do que garotas? É uma coisa que vivem nos dizendo, principalmente pra que as outras coisas possam ser vendidas pra nós. Meu cabelo pode ser rosa porque sou garoto. Seu cabelo pode ser azul porque você é garota. Se você se livrar de toda a merda idiota e arbitrária com a qual a sociedade controla a gente, vai se sentir mais livre, e, se você se sentir mais livre, vai se sentir mais feliz.

— Meu cabelo é azul porque gosto de azul — diz Ryan.

— E o meu é rosa porque gosto de rosa. Mas não pretendia dar sermão em você. É que me deixa furioso. Toda a merda idiota e arbitrária.

— Faz você querer detonar o mundo.

— Diariamente.

Merda idiota e arbitrária. Sabemos o que Avery quer dizer, e também sabemos que ele não sabe o peso total do mal que isso faz, nem o desespero que pode causar. Ele não sabe como um único fato sobre um ser humano pode significar que ele e milhares de outros como ele vão morrer, porque ninguém quer falar sobre a doença que os está matando, ninguém quer gastar dinheiro para que eles não morram. *Merda idiota e arbitrária* significa que o presidente dos Estados Unidos pode esperar seis anos até dizer o nome da doença. *Merda idiota e arbitrária* significa que é preciso que um astro do cinema morra e um adolescente hemofílico morra para que as pessoas comuns comecem a se mobilizar, comecem a sentir que a doença precisa ser impedida. Dezenas de milhares de pessoas vão morrer antes que os remédios sejam feitos e os remédios sejam aprovados. Que sensação horrível é essa a de saber que, se a doença tivesse afetado primariamente presidentes de associações de pais e mestres, ou padres, ou garotas brancas adolescentes, a epidemia teria acabado anos antes e dezenas de milhares, se não centenas de milhares de vidas seriam salvas. Não escolhemos nossa identidade, mas fomos escolhidos para morrer por meio dela. Por motivos idiotas e arbitrários incutidos por pessoas que se recusavam a ver o quanto eram arbitrários. Acreditamos na ética da reciprocidade, mas também acreditamos que as pessoas não são capazes de viver à altura dela de tempos em tempos. Porque elas são vítimas das diferenças. Porque algumas pessoas usam o que é arbitrário de forma deliberada, para manter o próprio poder.

Não colocamos o peso disso nas costas de Avery. Por que iríamos querer fazer isso? Há a esperança de que o mundo fique menos idiota, menos arbitrário com o passar do tempo. A coisa boa sobre o progresso humano é que ele tende a seguir em uma direção, e mesmo um tolo que olha a diferença entre cem anos atrás e agora consegue ver que direção é essa. Segue como uma flecha, como um sinal de igualdade.

Enquanto isso, ficamos alerta. Mortes como a nossa nos ensinam a ficar alerta.

Avery olha para o rio, olha para Ryan do outro lado do barco.

— Mas o mundo visto daqui não é tão ruim — diz ele. — Este é um mundo no qual consigo viver.

É isso o que as pessoas certas conseguem fazer. Elas conseguem fazer você ver esse mundo melhor.

Há coisas que eles não estão dizendo, é claro. Ryan teve um distúrbio alimentar sério quando tinha 13 anos, na mesma época em que saiu do armário, a ponto de a enfermeira da escola mandar que procurasse ajuda. Nem os pais dele sabem, porque ele fez a enfermeira e o orientador jurar que não contariam. E Avery não está anunciando o fato de que nunca foi além de uma pegação leve e que a ideia de sexo o apavora. Ryan não vai contar (ainda) sua determinação de ir para bem longe fazer faculdade e nunca mais voltar a Kindling, nem mesmo para casamentos e enterros. Avery não vai contar os detalhes das coisas bobas que fez para Freddy Dickson gostar dele, nem que, quando tudo deu errado de forma absurda, ele se cortou pela primeira e única vez na vida. Nem tudo precisa ser dito de uma vez. Compartilhar a verdade não é o tipo de presente que vem embrulhado em papel colorido, que você rasga uma vez e pronto, acabou. Não, esse é um presente que precisa ser desvendado. Já basta começar a contar. Já basta ter o começo e sentir que é um começo.

* * *

Harry está beijando Craig há 47 minutos e está impressionado com o quanto é fácil. É fácil estar beijando Craig de novo, mas sem o drama de eles serem namorados. Tudo é muito mais tranquilo agora. Bem menos delicado. Ele sabia o tempo todo que eles chegariam a isso, que teriam isso. Quando estava acabando, quando a parte de ser namorado estava chegando no final, ele foi bastante cuidadoso na escolha de palavras. Não queria dizer *Vamos ser amigos* nem *Espero que possamos continuar sendo amigos*, porque isso fazia a amizade parecer um prêmio de consolação, a medalha azul para a qual olhar distraidamente quando outra pessoa leva a taça de ouro para casa. Não, o que ele disse foi: "Acho que você e eu vamos ficar ainda mais próximos e que seremos melhores juntos e significar mais um para o outro se formos melhores amigos em vez de namorados." Ele sabe que Craig ainda sofre e sabe que Craig demorou um tempo para se ajustar, mas estava certo, não estava? Eles jamais teriam feito essa tentativa se fossem namorados. Eles jamais teriam durado tempo suficiente para chegar aqui. E ele não teria durado nem 45 minutos se quisesse fazer outra coisa além de beijar Craig, se ele ainda o excitasse. Talvez tenha havido alguma coisa no começo, mas agora está tudo se normalizando. Ele está feliz por Craig não conseguir ler seus pensamentos, porque sabe que poderia ser visto de forma negativa, embora seja um elogio. Há momentos em que Harry fica tão excitado, com tanto tesão, que seria capaz de dormir com qualquer coisa. É preciso muito controle para perceber o mal que isso pode fazer e não se aventurar em lugares onde não se deve ir, mesmo quando você está excitado. Ele e Craig se divertiam, claro, mas a questão principal nunca era sexo. E agora, Harry precisa parar de pensar em sexo, porque seu corpo está começando a... reagir. Assim, ele pensa em outra coisa; se deveria pedir um gole de água. Eles podem tomar um pouco, mas só por um canudo e com os lábios ainda se tocando. É difícil, mas dá para ser feito. O problema é que, se ele beber agora, corre o risco de precisar urinar mais tarde. E ele quer muito evitar isso. Essa é outra das regras: nada de fraldas, nada de trapaça no quesito banheiro. Se ele precisar fazer xixi, vai ter que botar para fora e fazer na grama, ou só deixar vazar na calça. Nenhuma das opções é atraente, e a questão do tesão está totalmente apagada da sua mente agora. Craig aperta seus braços, sente que ele está divagando. Bom gesto. Ele precisa se concentrar no beijo. Em não se soltar do beijo. A pior coisa que ele pode fazer é divagar. Há pessoas em volta, mas ele não pode se virar para olhá-las. Precisa se concentrar em Craig. E talvez nas pessoas às costas de Craig. E só. Ele ama Craig, isso é verdade. E o motivo principal para não querer fazer besteira agora é porque quer que Craig alcance seu objetivo. Ele quer fazer isso por Craig. Porque significa mais para ele. Harry não sabe por quê. Talvez por ter sido ideia de Craig, talvez porque ele precisa mais de uma coisa assim. Sim, deve ser isso. Craig precisa mais de uma coisa assim.

Um pequeno grupo começa a se reunir. Pessoas da cidade que estão passando e querem saber o que está acontecendo na escola. Alunos do ensaio da peça; alguns sabiam que isso estaria acontecendo, mas outros estão descobrindo agora. Mykal está organizando os amigos e outras pessoas que eles conhecem para espalharem a notícia, para que eles possam ter uma torcida. Algumas pessoas, a maioria adultos, ficam curiosas ao ponto de irem olhar, depois ficam enojadas quando descobrem o que é.

— Os pais deles sabem? — pergunta uma mulher que está passeando com o poodle. — Como puderam deixar uma coisa assim acontecer?

— Os pais estão aqui — responde a Sra. Ramirez com irritação.

A mulher balança a cabeça e sai andando.

Outras pessoas, a maioria adolescentes, perguntam como podem ajudar. Muitas fotos são tiradas com muitos celulares.

Um dos garotos que se oferece para ajudar tem 11 anos. Seu nome é Max e o pai o levou para ver.

Max é uma maravilha para nós. Ele nunca vai precisar sair do armário porque nunca vai precisar se esconder dentro de um. Apesar de ter mãe e pai, eles disseram para ele desde o começo que um casal não precisava ser de mãe e pai. Podia ser de mãe e mãe, pai e pai, só a mãe, só o pai. Quando os primeiros sentimentos de Max ficaram claros, ele não pensou duas vezes sobre eles. Não vê isso como algo que o define. É só uma parte da definição.

O que Max vê quando olha para Harry e Craig? Vê dois garotos se beijando. Mas não é a parte dos dois garotos que o leva a fazer uma pausa. É o beijo. Ele não consegue imaginar querer beijar alguém por tanto tempo.

Espere só, nós temos vontade de dizer para ele. *Apenas espere.*

* * *

Depois das panquecas, Neil e Peter convencem a mãe de Peter a levá-los até a Clinton Bookshop. Há livrarias mais próximas, mas eles estão com vontade de passear de carro. No caminho, eles não falam muito, mas o relacionamento chegou ao ponto em que o silêncio é confortável, não ameaçador. O silêncio só faz mal quando há coisas que não estão sendo ditas, ou quando há medo de que o poço esteja seco e não haja mais nada a ser dito. Nenhuma das duas coisas é o caso agora. Eles ainda têm muita coisa a dizer um para o outro, só nada a dizer agora.

Na livraria, Neil procura uma biografia volumosa para dar de presente de aniversário para o pai enquanto Peter olha a seção de literatura jovem. É lá que o celular de Peter vibra, e ele vê uma mensagem de Simon, seu amigo do grupo de debate. Tem um link junto.

Peter dá uma olhada e procura Neil.

— Quer ver uma coisa incrível? — pergunta ele, e mostra a mensagem a Neil, depois clica no link. — São dois garotos em Millburn. Estão tentando quebrar o recorde mundial de beijo mais longo.

Neil olha para a transmissão pixelada no celular.

— Conhecemos algum deles?

— Acho que não. Mas não é legal?

Neil acha legal. Mas sua mente se prende em uma coisa que ele não acha nada legal.

— "Oi, lindo"? — pergunta ele.

Peter não entende.

— O quê?

— Foi o que Simon falou no começo da mensagem de texto. "Oi, lindo."

— É só o jeito que Simon fala.

— Só estou fazendo uma observação.

— Ceeeeeeeerto.

— Não me responde assim.

— Temos mesmo que ter essa conversa de novo?

— Por que você não me diz, *lindo*?

— Ele é só um amigo paquerador. Nós dois temos amigos assim.

— É, mas as minhas são *meninas*.

— Clark? Clark é menina?

— Clark não é paquerador. É científico demais pra ser paquerador.

— Ele acha que parceiros de laboratório deveriam ter direitos completos de casamento.

— A única coisa que Clark já chamou de lindo na vida foi uma equação de álgebra.

— Ah, mas ele adoraria ver o x dele correspondendo ao seu y.

— Espera, como é que isso passou a ser sobre o Clark? Pelo que me lembro, era sobre o Simon.

— Simon é inofensivo.

— Simon te chamou de lindo e te mandou um link com dois caras se beijando.

— Ah, é? Com tantas coisas a falar, é *isso* que você escolhe?

Eles falam um pouco alto demais. Não reparam no vendedor atrás da bancada sorrindo. Ele sabe bem que todo relacionamento cai nesse tipo de discussão em algum momento.

Neil não acha que Peter o esteja traindo. Não acha que Peter o trairia. Não é esse o problema. O problema é o medo de que Peter *queira* traí-lo, que um dia perceba que tem gente melhor por aí.

Peter é jovem demais e não entende isso. Ele acha que Neil está sendo bobo, meio paranoico. Não fez nada de errado e fica chateado por ser acusado.

— Olha — diz ele —, acho que precisamos nos afastar por um segundo. Vou tomar um café lá fora. Você quer alguma coisa?

Neil balança a cabeça.

— Tudo bem. Volto em alguns minutos. E espero que seja o tempo necessário pra você perceber que, mesmo se um milhão de outros caras disserem "oi, lindo" pra mim, isso não muda quem somos, nem um pouco.

— Um milhão? Quem falou sobre *um milhão*?

— Por acaso tem muita gente que usa "oi, lindo" como cumprimento quando eu estou envolvido.

— Bem, você é lindo. Com isso eu tenho que concordar. Deve ser o *oi* que me incomoda. É tão *comum*. É o jeito de falar com cavalos. E você é lindo de uma maneira tão incomum e não cavalar.

Peter percebe que essa última virada na conversa significa que as coisas com Neil estão começando a melhorar, mas, agora que ele falou em café, quer tomar um. Portanto, ele sai, compra um *iced latte*, toma em poucos goles (tem cubos de gelo demais) e volta para a livraria. Encontra Neil ainda na seção de literatura jovem, com os braços cheios de livros.

— Uau — diz Peter. — Você vai precisar ficar de repouso na cama, por acaso?

Neil coloca os livros em uma mesa e cala Peter com um dedo nos lábios dele.

Então, ele pega o primeiro livro e levanta, para que Peter possa ler o título.

Eu não pretendia dizer isso

Peter fica em silêncio. E observa Neil mostrar os livros, um a um.

Apenas escute
Fique
É você que eu quero
Bem mais perto
Onde quero estar
A diferença entre mim e você
Positivamente
Combinada
Perfeita
Extraordinário
Você está aqui
Onde é meu lugar
Eu estarei lá
A caminho do verão
O futuro de nós dois
Namorados de verdade
Continue firme

Quando Neil acaba, Peter sorri e levanta a mão, em um gesto para o namorado esperar ali e não dizer nada. Ele pega dois livros na seção de literatura jovem e corre até a seção de ficção adulta para pegar um terceiro. Ainda está sorrindo quando volta até Neil e mostra suas seleções, uma a uma.

Eu agradeço
Até um cego consegue ver o quanto eu te amo
Continue firme

Peter faz uma pilha com seus livros e tira uma foto das lombadas para mandar para Neil. Neil faz o mesmo para Peter. Eles colocam alguns dos livros de volta nas prateleiras e compram alguns. (Comprariam todos se tivessem dinheiro para isso.)

Enquanto eles andam pela loja, enquanto a atravessam em ordem alfabética e por tópicos e por arcanos, somos lembrados de livrarias aonde fomos, de cafés e sex shops e Barneys e de Piggly Wiggly, de todos os corredores onde conduzimos relacionamentos, de todas as conversas que foram partes das conversas agregadas do nosso amor.

Só quando eles voltam para o carro da mãe de Peter é que Neil se lembra dos dois garotos se beijando em Millburn. Com a permissão de Peter, Neil pega o celular dele e clica de novo no link.

Nenhum dos dois consegue acreditar. Bem ali, na cidade ao lado, tem dois garotos se beijando há horas em frente à escola.

— Não é um sábado qualquer — diz Peter.

— Não — concorda Neil. — Nem um pouco.

* * *

Cooper teve que sair do Walmart depois de dar de cara com Sloan, e agora está em um Starbucks a algumas cidades de distância. Está cheio de pessoas que são do mesmo tipo que frequenta sua escola e moram em sua cidade, mas não são as mesmas pessoas. Cooper se sente anônimo e acha ótimo.

Ele está variando entre três aplicativos de encontros e vendo muitos dos mesmos caras em cada um deles. Homens de 47 anos que querem que ele vá até a casa deles. Garotos de 18 anos que querem flertar sem objetivo. Homens de 29 que querem saber do que ele gosta. Ele nunca começa as conversas. Nunca os escolhe. Significa mais se eles forem até ele, porque isso quer dizer que é desejável. E, se ele é desejável, está no controle.

Achamos que ele é novo demais para saber disso. Mas ele sabe. É uma coisa que se aprende em uma idade bem menor hoje em dia.

Até agora, ele já tem mais de dez mensagens no celular, todas dos pais. Do telefone fixo. Dos celulares dos dois. Ele não vai ouvi-las e não vai ligar para eles. Está bloqueando tudo. Está do outro lado da barreira. Ele não sabe onde vai dormir esta noite, mas a noite nem chegou ainda, não é? Ele tem certeza de que algumas pessoas veriam isso como negação, mas não é. Ele não liga. Para poder ser negação, você tem que se importar ao menos um pouco.

Tudo o que ele sente é o vazio entediante do mundo sem graça. E ninguém o entendia mais do que ele mesmo. Ele olha de novo para os homens nos aplicativos, e desta vez surgiu um novo. De 23 anos. Bonito. O apelido dele é Antimatéria. Seus dados são os dados certos. Sua descrição diz *Tentando encontrar a força certa em meio a todo o caos.*

Cooper espera cinco minutos. Ele quer que Antimatéria faça contato primeiro. Mas está impaciente. Depois de cinco minutos, ele pensa: *Tudo bem.*

E dá o primeiro passo.

A pergunta na mente de Avery é se eles vão se beijar ou não.

Eles estão no barco há umas duas horas. Já conversaram, já remaram, já conversaram mais. Quando o sol chega mais perto do horizonte, fica mais quente. A canoa é de metal e está ficando quente ao toque. Eles não levaram nada para beber nem comer, e o sol está começando a deixá-los com sono. Avery queria que o barco fosse amplo o bastante para eles se sentarem lado a lado. É tão mais fácil dar um beijo em alguém que está ao lado.

— Acho que estou começando a assar — diz Ryan. — Devíamos voltar.

Avery concorda. Eles começam a remar, e Avery se assusta com a satisfação que sente ao deslizar pela água, com o quanto é gratificante empurrar a resistência, sentir o esforço dos braços. Ele ainda está longe de sentir orgulho do corpo, mas às vezes um movimento faz o efeito certo.

O ar esfria com o movimento, mas seus corpos permanecem quentes. Eles encontram o ritmo e remam em sincronia. Nenhuma palavra precisa ser dita.

Quando voltam para a doca, os dois precisam limpar o suor da testa. Ryan sai primeiro e prende o remo. Em seguida, estica a mão para Avery. Apesar de estar quente e suado, ele aceita. Ryan o puxa para a doca e continua segurando-o. Eles ficam ali, com a canoa estalando contra a madeira na corrente delicada.

— Foi divertido — diz o garoto de cabelo azul.

— Foi — responde o garoto de cabelo rosa.

Essas palavras são inadequadas.

Ryan continua segurando a mão de Avery enquanto amarra a popa. Depois, se levanta e vira os corpos dos dois até eles ficarem cara a cara, com os pés se tocando.

— Ei! — grita uma voz; é a tia de Ryan, saindo da casa. — Como estava o rio?

Ela chega mais perto e vê que eles se afastaram um pouco, mas ainda estão de mãos dadas. Eles não estão se olhando agora; estão olhando para ela.

— E então, Ryan — diz ela —, você não vai me apresentar pro seu amigo? Imagino que vocês devam estar com sede. Tenho a coisa certa.

A coisa certa.

Mais uma hora se passou, e Harry e Craig continuam o beijo. Mais pessoas se reuniram. O Sr. Nichol, professor de ciências, assume o lugar da Sra. Luna. Agora há 2 mil pessoas vendo a transmissão ao vivo. Tariq entrega a Harry e Craig seus celulares para eles poderem usar o Twitter e responder aos comentários nas redes sociais. O evento já é global. Tem pessoas na Alemanha dando apoio; um garoto em Helsinque fez um cartaz que diz VAMOS, BEIJOQUEIROS, VAMOS! Alguns blogs gays souberam do que está acontecendo. A notícia está se espalhando.

Harry adora responder aos comentários. Mas está mais preocupado com o fato de seus pés estarem começando a doer, e só 4 horas se passaram. Ele se apoia em Craig e os balança. O sol começa a bater sobre eles, e ele faz uma forma de U com a mão para Smita ir até lá segurar um guarda-chuva sobre as costas dele, tomando o cuidado de não atrapalhar a câmera. (Há outras de outros ângulos, mas todo mundo acha importante que a transmissão principal só seja bloqueada em caso de emergência.) Ele e Craig estão usando meias de velhos para tentar manter o sangue circulando nos pés. Mas a questão é que ficar de pé por tanto tempo não é algo natural para o corpo. Ele já sente como se estivesse em um show e sete bandas de abertura tivessem tocado.

A música "Dream a Little Dream of Me" começa a tocar na lista de Tariq, o que faz Harry pensar no filme *Delicada Atração*, como Tariq devia saber que aconteceria. Harry consegue sentir o sorriso de Craig sob os lábios e sabe que ele deve estar pensando a mesma coisa. Como confirmação, Harry sente um dedo de Craig nas costas, fazendo a letra *D* e depois a *A*. Eles começam a se mexer e a dançar devagar. É bom mover as pernas. Smita dá um passo para trás com o guarda-chuva, e Tariq se aproxima e começa a dançar com ela. O Sr. e a Sra. Ramirez também se aproximam. Outras pessoas parecem querer participar, mas Rachel, que está tomando conta das câmeras, diz que elas precisam ficar longe, não atrapalhar. A policial designada para cuidar de tudo se oferece para colocar uma fita de isolamento. Rachel diz que pode ser boa ideia, mas pergunta se dá para evitar uma com a palavra *cuidado*. A policial diz que vai ver o que pode fazer.

Harry acha tão gostoso dançar. E fica feliz de ver os pais sorrindo enquanto dançam. Ele quer cantar junto, mas sabe que não pode. Assim, aperta Craig de leve, e eles percorrem um círculo lento. Os olhos de Craig estão fechados, os de Harry estão abertos.

E é assim que Harry vê primeiro.

Craig sente Harry parar. Sente Harry apertá-lo mais. Ele faz um ponto de interrogação nas costas de Harry. Mas ele não tem como responder. Ele só beija Craig mais de perto, coloca a mão na sua nuca, avisando-o para manter a concentração, avisando-o para não se virar.

E então, Craig escuta. Seu nome. A voz da sua mãe. Seu nome.

Todos nos viramos para ela. Ela é uma mulher pequena, que até dez minutos atrás achava que Craig tinha ido acampar durante o fim de semana. Ela parece mais confusa do que zangada, e desejamos que houvesse um meio de explicarmos para ela. Temos vontade de puxá-la de lado e contar tudo que sabemos, tudo que nossas mães fizeram de errado, tudo que nossas mães fizeram certo. *Seu filho está vivo*, é o que temos vontade de dizer. *Seu filho está vivendo*.

Ela não entende por que ele não responde. Não entende por que continua beijando aquele outro garoto apesar de ela estar bem atrás dele, dizendo seu nome.

— A Sra. Meehan me ligou e começou a falar comigo, e eu não tinha ideia do que ela estava dizendo...

Craig tem vontade de se virar. Tem vontade de explicar. Mas sente a mão de Harry na nuca. Lembra por que está aqui. Eles já ficaram tanto tempo. Não pode voltar para o começo.

— *Craig.*

A voz de sua mãe está falhando.

É Smita quem dá um passo à frente. Ela solta o guarda-chuva e anda até a mãe de Craig.

— Ele não pode falar nada — diz ela. — Eles precisam continuar se beijando.

A mãe de Craig conhece Smita. Conhece Smita há muito tempo. Smita é a única coisa que faz sentido para ela agora. Ela só entende a multidão vagamente, as câmeras.

— O que está acontecendo? — pergunta ela, com a voz frágil e delicada.

Não era assim que ela deveria descobrir. Craig sente lágrimas surgindo nos olhos. Tenta impedi-las. Mas é demais. Elas escorrem por suas bochechas. Harry o segura com firmeza. Craig treme, e Harry aperta mais os lábios nos dele. Não era para ser assim. Ele tinha imaginado contar para eles depois. Ele acreditou que daria para manter segredo até acabar. Ele teria seu grande feito e depois poderia contar para eles. Imaginou-se sentado com todas na sala, os pais e os irmãos no sofá e ele de pé na frente deles, contando tudo, como quando era pequeno e fazia um show para eles antes da hora de dormir. Assim, independentemente do que acontecesse, não poderiam tirar isso dele, não poderiam apagar nada do que ele fez.

Mas ele não pensou na família. Em como seria estar naquela plateia. Ele percebe isso e fica chocado. Não pensou nem um pouco neles. Poucos de nós pensaram. Era *nossa* revelação. *Nosso* evento. Como poderíamos saber que eles também tinham direito a sentimentos? Eles não tinham o direito de nos negar nada. Mas tinham todo o direito de ter sentimentos.

Ele entende isso só com o som da voz dela. Pela forma como ela disse o nome dele.

Os pais de Harry não conhecem os pais de Craig. A mãe de Harry vai até a mãe de Craig e se apresenta. Ela e Smita tentam contar o que está acontecendo. Elas contam sobre o recorde mundial. Contam o que Craig e Harry estão tentando realizar.

— Mas não estou entendendo — diz a mãe de Craig, também chorando agora. — Não estou entendendo.

Craig não consegue suportar. Ele abre os olhos e olha para Tariq, que também está com lágrimas nos olhos. Faz mímica de escrever. Tariq procura uma caneta e papel. Corre até Craig. Todas as coisas que Craig tem a dizer se resumem a uma coisa essencial. É o detalhe que nem Smita e nem a Sra. Ramirez podem dizer. Está inserido em tudo que elas estão dizendo, mas elas não podem explicar para a mãe de Craig, não podem deixar claro.

EU SOU GAY, MÃE. EU SOU GAY.

Craig gira seu corpo e o de Harry para ficar de frente para a mãe. Em seguida, levanta o papel com mãos trêmulas. Ele vê os olhos dela quando ela entende. E, rapidamente, escreve outro bilhete.

NÃO POSSO PARAR AGORA. ME DESCULPE.

Ele não está pedindo desculpas por ser gay, mas sim pela maneira como ela descobriu Ou talvez não exatamente *descobriu*, pois ela não parece completamente surpresa pela revelação, só pela forma como está sendo revelada. Só pela forma como está sendo confirmada. Ela está perguntando a Smita se aquele é o namorado de Craig, e Smita, pobre amiga, não sabe qual é a melhor resposta, então escolhe a verdade e diz que não, que não se trata disso. Harry e Craig são amigos. Estão se beijando para mostrar ao mundo que não tem problema dois garotos se beijarem.

O Sr. Ramirez traz uma cadeira para a mãe de Craig se sentar.

— É muita coisa pra absorver — diz ele.

Nesse ponto, algumas de nossas mães teriam rido, teriam dito *Esse é o maior eufemismo do ano*. Outras teriam dito *Foda-se* e saído furiosas. Mas outras fizeram exatamente o que a mãe de Craig faz agora: ficaram em silêncio, envoltas completamente pelo som de seus pensamentos, que não podem ser ouvidos de fora. A Sra. Ramirez tenta segurar a mão dela, dar apoio. Ela afasta a mão.

Craig está se virando, um mero espectador em um dos momentos mais importantes de sua vida. Harry compreende isso e afrouxa o abraço. *Se você precisar parar, tudo bem.* Mas o que Craig pode dizer? E, se ele deixar tudo de lado agora, tudo isso vai ter sido por nada. Ele deixa o papel e a caneta caírem na grama. Passa os braços ao redor de Harry e puxa-o para um beijo de verdade, de coração. Suas lágrimas escorrem pelo rosto, para dentro das bocas deles.

Não me solte.

Os espectadores comemoram. Craig e Harry tinham esquecido que eles estavam ali.

Tariq não aguenta. Sente que, de alguma forma, é sua culpa também.

Ele se coloca bem na frente da mãe de Craig e diz:

— Você precisa amá-lo. Não importa quem você pensou que ele fosse e nem quem quer que ele seja, mas você precisa amá-lo exatamente como ele é porque seu filho é um ser humano incrível. Você precisa entender isso.

E a mãe de Craig sussurra em resposta:

— Eu sei. *Eu sei.*

Desta vez, é Smita quem segura a mão dela, e ela não a afasta.

— Está tudo bem — diz Smita. — Ele está bem. Tudo está bem.

Harry consegue sentir Craig ficando pesado e o segura. Toda aquela tensão é liberada de repente em soluços. Harry fica com a boca sobre a de Craig.

Eles não param o beijo.

Alguns de nossos pais estavam sempre do nosso lado. Alguns de nossos pais preferiram nos banir em vez de verem como realmente éramos. E alguns de nossos pais, quando descobriram que estávamos doentes, pararam de ser dragões e passaram a ser matadores de dragões. Às vezes, é preciso isso, a batalha final. Mas deveria ser preciso bem, bem menos do que isso.

* * *

Durante 14 minutos, ela fica sentada na cadeira. Vendo o filho. Vendo o filho beijar outro garoto. Smita não sai do lado dela, mas também não tenta falar com ela. Deixa que absorva. Deixa que sinta tudo.

No começo, Craig não consegue encarar a mãe. Ele e Harry ficam de um jeito que ela veja seus perfis e esteja fora do campo de visão. Mas ele vai precisar olhá-la alguma hora. Assim, ele muda a posição dos dois, faz um quarto de volta e olha para ela por cima do ombro de Harry. Seus olhos se encontram e ficam assim por alguns segundos, e Craig se esquece de respirar. Os dois começam a chorar de novo, mas não parece um choro tão desesperado quanto antes, tão arrasador.

Há tantos momentos aos quais você acha que não vai sobreviver. Mas você sobrevive.

Há tantas coisas que Harry quer dizer para Craig. Todas as palavras de consolo que se reúnem dentro de sua boca, mas permanecem não ditas. Sabemos o que ele sente porque ficamos com essas palavras dentro de nós todos os dias, sabendo o que sabemos, vendo o que vemos agora. Mas pelo menos Harry pode abraçá-lo. Pelo menos Harry pode dar forças a ele assim. De repente, ele percebe que tem mais uma coisa que pode fazer. Ele faz o sinal de *telefone*, e depois que Tariq entrega o aparelho, faz o gesto de *telefone* de novo e aponta para Craig. Tariq fica confuso, mas Rachel entende. Ela leva o celular de Craig até ele e abre na página de mensagens.

Por cima do ombro, Harry escreve uma mensagem de texto para ele.

É melhor assim. Vai ficar tudo bem.

Craig responde:

Acho que sei disso. Mas é difícil.

Harry sabe a resposta, mas tem que fazer a pergunta de qualquer jeito.

Você quer parar e conversar com ela?

Craig balança a cabeça de leve, com os lábios ainda se tocando.

Não. Vamos até o fim.

Enquanto isso, a mãe de Harry pegou o próprio celular para mostrar à mãe de Craig os milhares de comentários deixados apoiando Harry e Craig até o momento. Tem quase 4 mil pessoas assistindo e dando força.

— Sei que você não me conhece — diz a mãe de Harry —, mas temos uma coisa em comum, sem a menor sombra de dúvida.

Desta vez, quando ela oferece a mão, a mãe de Craig a segura, aperta uma vez e depois solta.

É difícil parar de ver seu filho como seu filho e começar a vê-lo como ser humano.

É difícil parar de ver seus pais como pais e começar a vê-los como seres humanos.

É uma transição bilateral, e pouquíssimas pessoas conseguem fazê-la com tranquilidade.

Às vezes, é mais fácil com tias.

Caitlin, a tia de Ryan, dá aos dois limonada cor-de-rosa e biscoitos de aveia e passas recém-saídos do forno. Ryan já se sentou à mesa da cozinha dela inúmeras vezes quando o mundo pareceu demais para ele, quando ele só queria se sentar dentro de uma casa que passasse a sensação de lar. Todos nós passamos por isso: criamos nossas famílias misturadas, nossas redes de segurança caseiras. Ele pensa que esta mesa já viu tantas de suas angústias. Mas agora, com Avery, ela está testemunhando o oposto de angústia. A presença da mesa torna tudo mais real porque faz com que seja mais parte da vida de Ryan.

Caitlin é a garota com quem acabávamos formando par se tivéssemos que formar par com uma garota. Depois de anos tentando subir no mundo do seguro corporativo, ela pediu demissão e agora estuda para ser bibliotecária. O senso de humor dela é inseparável do senso pessoal. E o amor por Ryan é o mais incondicional que ele já sentiu e vai sentir. Não carrega o peso de expectativas, não é afetado por motivos. Tudo que ela precisa fazer é gostar dele e amá-lo, e as duas coisas ela faz muito bem. A responsabilidade dela com ele é completamente voluntária, e é isso que a torna importante.

Avery quer causar uma boa impressão e está nervoso demais para perceber que não vai ser difícil. Quando Caitlin pergunta como eles se conheceram, ele transforma tudo na história mais longa da humanidade, conta tudo menos a quantidade de gasolina no tanque dele quando chegou em casa, em Marigold. Na metade da história, percebe que está falando demais, mas Ryan e Caitlin não parecem reparar tanto quanto ele, então ele prossegue. Quando acaba, Caitlin pergunta:

— E isso foi quantas semanas atrás?

É Ryan quem sorri e diz:

— Isso foi tudo ontem à noite.

— Faz sentido — diz Caitlin. — Com algumas pessoas, assim que vocês começam a conversar, parece que se conhecem há anos. Só quer dizer que vocês já deviam ter se conhecido antes. Vocês estão sentindo todo o tempo que deveriam ter se conhecido, mas não aconteceu. Esse tempo ainda conta. E vocês dois sentem.

Avery sabe que deveria tentar levar Ryan para longe, deveria tentar ficar sozinho com ele, perto o bastante para um beijo. O tempo está passando e se aproximando da hora de ele ter que ir embora, pois prometeu à mãe que voltaria antes do anoitecer. Mas está gostando da companhia, da limonada, dos biscoitos. Ele sente que deve ser errado achar que o que está acontecendo é mais valioso do que beijar e se pegar com Ryan. Mas, no momento, está sendo.

— Você quer ver umas fotos constrangedoras de Ryan vestido de Britney Spears no Halloween? — pergunta Caitlin.

Como Avery pode dizer não?

Enquanto isso, Cooper está conversando com Antimatéria há quase uma hora. As informações que Antimatéria tem são que Cooper tem 19 anos e estuda na faculdade do condado. Vai se formar em finanças e tem dois colegas de quarto, sendo que um bebe demais. Antimatéria não duvida disso e diz que acabou de se mudar para um apartamento só dele e está trabalhando como gerente de um café. Também é pintor, mas não ganha muito dinheiro com isso. Cooper já quis ser pintor e conta isso. Antimatéria pergunta o que aconteceu, e Cooper diz que perdeu o interesse. *É a história da minha vida*, Cooper conta para ele. Antimatéria responde: *A história não acabou ainda.*

Cooper está um pouco interessado e um pouco entediado. Para dar um pouco de ânimo, ele manda uma foto sem camisa, e Antimatéria responde com outra. Ele tem um corpo lindo. Cooper pergunta se ele quer se encontrar. Antimatéria diz que sim e propõe depois do jantar. Cooper tenta imaginar quais são os planos de Antimatéria para o jantar, mas não pergunta. Só diz que tudo bem. Ele sugere o Starbucks em que está. Antimatéria diz que pode ser, desde que eles não precisem tomar o café de lá. Cooper, que já tomou três, diz que por ele tudo bem.

Agora que o encontro está marcado, Antimatéria diz que precisa ir fazer coisas da vida real.

Mas, antes de eu ir... qual é seu nome?

Drake, responde Cooper.

Oi, Drake. Sou Julian.

Cooper não consegue evitar, gostava mais de Antimatéria.

Mas não cancela o encontro. Seria burrice cancelar por uma coisa tão idiota quanto um nome.

Quando se está morto pelo tempo que nós estamos, você começa a ver todos os ângulos que existiam em sua vida, principalmente aqueles que você era cego demais para ver na época. Você tem tempo suficiente para registrar os caminhos dos seus erros maiores e menores e para ter uma solidariedade nova pelos erros que as outras pessoas cometem. Em alguns momentos, ficamos incapacitados, é verdade. Mas em outros fomos insensíveis. Fizemos besteira, fizemos mal a outras pessoas, dissemos palavras que não sabíamos que magoariam, dissemos palavras precisamente porque sabíamos que doeriam. Mesmo depois do que passamos, nenhuma inocência retroativa pode ser concedida. Compreendemos melhor as merdas que fizemos de longe agora, mas isso não as torna menos reais.

Vocês precisam entender: nós éramos como Cooper. Ou, pelo menos, tivemos momentos em que fomos como Cooper. Assim como tivemos momentos em que fomos como Neil, Peter, Harry, Craig, Tariq, Avery, Ryan. Tivemos momentos em que fomos como cada um de vocês.

É assim que compreendemos. Nós tínhamos suas falhas. Nós tínhamos os seus medos. Nós cometemos os seus erros.

Seis horas e dez minutos depois do começo do beijo de Harry e Craig, um blogueiro popular com cabelo de um rosa mais intenso do que o de Avery faz uma postagem sobre os dois e diz ao mundo para acompanhar o que eles estão fazendo.

O número de pessoas vendo o beijo vai de 3.928 a 40.102 em cinco minutos, e a 103.039 cinco minutos depois.

Ao mesmo tempo que isso acontece, a mãe de Craig se levanta da cadeira e anda até ele. Ela pergunta a Smita se é possível ela ficar fora da imagem da câmera e pede que o som seja desligado enquanto ela fala com o filho. Smita repassa o pedido a Tariq, que obedece.

— Preciso voltar pra casa — diz a mãe de Craig. — Seu pai e seus irmãos vão chegar logo, e preciso estar lá.

Ela faz uma pausa. Está claro pelo olhar que Craig está ouvindo, apesar de continuar beijando Harry ao mesmo tempo.

— Espero que você saiba que vou ter que contar a eles o que você está fazendo. Se eles descobrirem por outra pessoa, vai ser… pior. Você entende?

Craig quer dizer que sim, sabe que poderia fazer ao menos sua voz dizer "aham", mas isso não parece certo. O sinal combinado para expressar um sim era o de positivo, mas isso também parece errado. Mas Craig não consegue pensar em outra coisa. Então faz um sinal de positivo para a mãe.

A mãe de Craig respira fundo. Ela não terminou. Depois de expirar, ela diz, com a voz mais controlada que consegue:

— Eu te amo, Craig. Também estou muito zangada com você. Não por você ser gay. Isso a gente resolve. Mas descobrir assim… não é o que eu queria. Tenho certeza de que você teve seus motivos, e espero que esteja disposto a falar sobre eles conosco quando isso… tudo acabar.

Mais uma vez, Craig faz sinal de positivo para a mãe. Ele se sente ridículo.

A expressão da mãe se suaviza.

— Você precisa de alguma coisa? — pergunta ela.

Por um momento, o coração de Craig parece poroso. Não porque a mãe fez uma pergunta tão monumental, mas por ser uma pergunta tão comum. Essa é a mãe que ele conhece. *Você precisa de alguma coisa?* Como se ela estivesse indo até o supermercado. Como se nada tivesse mudado.

Não tem como Craig dizer *Preciso que você convença papai e Sam e Kevin de que isso é normal. Preciso que você me apoie tanto quanto os pais de Harry o apoiam. Preciso que você sinta orgulho do que estou fazendo porque vai ser importante pra mim se você sentir. Preciso que você volte. Preciso que você saiba que nenhum de nós vai se afogar com isso.*

Seus dedos formam um sinal de ok.

— Tudo bem — diz ela. — Já vou.

Ele deseja que ela vá até ele e o abrace. Ou pelo menos que coloque a mão em seu ombro.

Mas ela só se vira e sai andando para casa. Harry, sentindo o que está acontecendo, começa a mudar a posição, para Craig não precisar vê-la indo embora. Mas Craig se mantém firme. Ele a vê se despedir de Smita. Não dos pais de Harry, nem de ninguém, só de Smita. Depois, entra na multidão. Todos estão olhando para a frente, mas ela está virada na direção contrária. Ele a vê se tornar uma forma pequena na calçada, depois sair da linha de visão. É uma caminhada de dez minutos até a casa dele, e ele tem certeza de que seus batimentos vão contar os passos até ela chegar lá. E então, vão parar.

Só depois que ela vai embora, depois que ele a imagina sozinha, caminhando, é que sua visão retorna para o local. Pela primeira vez desde que ela chegou, ele percebe como a multidão aumentou. Há tantos rostos desconhecidos aqui quanto outros conhecidos. Alguém começa a cantarolar "Harry e Craig até o fim! Harry e Craig até o fim!" Ele sabe que devia tirar forças disso, que devia se sentir encorajado. Mas a verdade é que ele deixou o corpo por um tempo. Está pairando sobre sua casa, alto demais no ar para ver a mãe voltar, humano demais para ver através do teto ou ouvir pela janela como segue a conversa no quarto de seus pais.

Peter e Neil estão no quarto de Peter, vendo a transmissão ao vivo online.

— Aquela era a mãe dele? — pergunta Peter.

— Acho que sim — diz Neil. — Eles cortaram tão rápido que foi difícil de ver. Mas acho que era.

— Você acha que ela já sabia?

— Pela cara dela, acho que não.

Neil consegue imaginar sua mãe com a mesma cara e tenta não pensar nisso.

— Quanto tempo você acha que a gente conseguiria aguentar? — pergunta Peter.

— Ter um filho como Craig? Bastante tempo, eu acho.

— Ha-ha. Estou falando de beijar.

— Não 32 horas. Mas algumas.

— Aqui. — Peter puxa Neil da cadeira e fica de pé com ele no meio do quarto. — Vamos tentar.

— Agora?

— Não tem momento melhor do que o presente.

Antes de Neil poder protestar, Peter o beija... e fica beijando. Nos primeiros dois minutos, parece completamente normal: a pressão delicada, as línguas correspondendo, mãos descendo por costas, deslizando por quadris. Mas logo chega o momento em que eles normalmente fariam uma pausa, sorrindo ou dizendo alguma coisa ou se afastando para poderem usar as mãos. Eles seguem pela pausa, sustentam a intensidade. Peter desce a mão pelas costas de Neil, desliza os dedos pela cintura da calça, encosta na pele ali, no calor. Neil segue na direção oposta, levantando a mão por baixo da camisa de Peter, por entre as clavículas. Peter ainda está com gosto de café com leite; Neil está com gosto de menta. A respiração de Peter fica um pouco presa nos pulmões. Neil toca em sua nuca e desce com a mão, passando as unhas na pele. Eles estão super conscientes de seus corpos, super conscientes de suas respirações. Peter traz a mão para a frente e ergue a palma até o coração de Neil. Minutos se passam. Seus corpos ficam mais quentes. O beijo fica mais molhado. A barba por fazer de Peter faz cócegas no queixo de Neil. Peter sente o silêncio do quarto, a falta de música. Os quadris se grudam. A respiração de Neil se acelera. A cueca de Peter fica mais apertada. Nenhum dos dois quer ser aquele que se afasta. Onze minutos. Doze minutos. Peter perde o controle da respiração, expira quando devia inspirar. Instintivamente, ele recua para respirar melhor, e é assim que o beijo é interrompido. Assim que eles param, Neil abaixa os braços. Eles se afastam um do outro. Olham para o relógio.

— Foi intenso — diz Peter, ajeitando a calça jeans.

— Foi — diz Neil, limpando saliva do queixo espetado.

Eles se viram para a tela e veem Harry e Craig na dança deles.

Peter está prestes a dizer outra coisa, mas o pai dele liga para dizer que o jantar está pronto e está na hora de descer.

Avery pode tentar ignorar o relógio, mas é mais difícil ignorar o sol. Ele e Ryan se despedem de Caitlin; cada um dá um abraço e um beijo na bochecha dela. Avery já ligou para casa a fim de pedir para ficar mais. Mas tem a habilitação há pouco tempo e nunca pegou a estrada à noite. A mãe não quer que ele esteja sozinho na primeira vez, e é difícil discutir com isso. Mas ele vai enrolar o máximo que puder, sabendo que, mesmo depois que o sol se põe, há um tempo até que o céu fique todo no tom da noite.

Ryan faz com que ele encoste por alguns minutos antes de sua casa aparecer no horizonte.

— Este é um ponto bom — diz ele. — Não quero me despedir na porta da minha casa, se é que você me entende.

Avery acha que sabe o que Ryan quer dizer, sabe o que Ryan quer fazer, e todos os seus sentidos se voltam para isso. O rádio está baixo, o painel brilha de leve no crepúsculo crescente.

— Me diverti muito — diz Avery, pois sente que é uma coisa que precisa ser dita.

— Eu também — murmura Ryan.

E é a mudança para esse murmúrio que marca a virada dentro do carro. Avery sente de repente que está respirando ar elétrico, e é nesse ar que Ryan está se inclinando.

Avery também se inclina, se inclina para o que está vindo, e é nessa hora que seus lábios se tocam pela primeira vez, é essa a consagração de tudo que eles já sabem.

Eis o que não admitimos nos primeiros beijos: uma das coisas mais gratificantes é que eles são a prova verdadeira de que a outra pessoa quer nos beijar.

Somos desejáveis. Desejamos.

Todos os beijos que importam contêm um reconhecimento em seu núcleo.

Cooper volta para o Starbucks alguns minutos antes das 19h30, para o caso de Antimatéria, *Julian*, ter chegado cedo. No intervalo, ele foi comer no Subway. E agora, está finalmente lendo as mensagens. Um grande erro.

"É melhor você voltar pra casa agora mesmo. Vou arrastar você de volta se precisar..."

Cooper aperta o botão de apagar. Em seguida, aperta-o mais treze vezes.

Temos vontade de sacudi-lo. Temos vontade de dizer para ele o que aprendemos com a experiência: apesar de você precisar ouvir a primeira mensagem, é a última que mais importa. Os nervos podem se acalmar. A raiva pode desaparecer. O bom senso pode retornar.

Não estamos dizendo que ele deveria voltar. Sabemos que é uma escolha difícil. Mas achamos que ele precisa ouvir a mensagem mais recente antes de se decidir.

Todas as mensagens são do pai ou da mãe. Mais ninguém ligou. Chegou ao ponto de Cooper nem reparar nisso.

Julian chega quatro minutos atrasado. Ele se parece com a foto no aplicativo, e isso é um alívio. Cooper sabe que a foto e a pessoa nem sempre correspondem. Como ele nunca se encontrou com alguém que tenha conhecido online, não teve nenhum tipo de experiência com isso. Ele sabe que se parece com sua foto. Só as palavras são mentiras.

— Oi, você — diz Julian.

Cooper não consegue perceber se ele está nervoso. Nós percebemos que está.

— Oi — responde Cooper com casualidade. Como se ele fizesse isso o tempo todo.

Julian continua de pé.

— Quer ir pra outro lugar? Algum lugar menos Starbucks?

— Tipo onde? — pergunta Cooper. A pergunta sai como um desafio.

— Não sei. Me desculpe, eu devia ter pensado nisso. Uma bebida, talvez? Ah, espere. Isso não vai ser possível.

— Por quê?

— Hã… sua idade.

— Eu posso ter 19 anos, mas ainda topo uma bebida.

— Você tem identidade?

— Não. Mas não precisamos ir a um bar.

— Para onde, então? — começa Julian. Então, enten-de. — Não sei se deveríamos ir pra minha casa. Não...
ainda.

— Por que não ficamos um pouco aqui? Você não precisa comprar nada. Vou comprar um *latte* e podemos conversar. Pode ser?

E é assim que Cooper assume o controle. E fica excitado com isso.

E, por enquanto, basta para compensar a decepção dele. Cooper conclui que o cara não é um sonho, mas também não é um pesadelo. É só mais do mesmo, talvez melhor do que Cooper sente merecer. Mas pelo menos há a possibilidade de a noite ser um pouco diferente do que costuma ser.

O sol desaparece do céu, e a luz ao redor de Harry e Craig diminui. Os postes acima deles se acendem, e é uma luz mais difusa do que Tariq tinha imaginado. Se você olhar a transmissão, Harry e Craig parecem manchas claras em meio às sombras.

O clube de teatro entra em ação. A maioria ficou lá depois do ensaio, para dar ânimo a Harry e Craig. O chefe da equipe técnica chama o orientador para pedir permissão, depois dá instruções para sua equipe puxar mais extensões da escola. Tariq é consultado e holofotes são trazidos. A equipe técnica trabalha silenciosamente. Smita expressa gratidão, e eles ficam quase constrangidos. É uma das regras da equipe técnica: se você for legal com eles, eles vão ajudar você. Se você for cruel com eles, se os empurrar contra os armários, se os xingar, se deixar claro que os acha inferiores, eles vão detonar você na primeira chance que tiverem, e vão adorar. Harry e Craig sempre foram legais com eles, e agora eles estão ajudando.

Em uma hora, o local todo está aceso. Harry fica agradecido pela distração. Seus pés parecem blocos desconfortáveis de cimento, por mais que ele os mexa com frequência. Ele também está começando a sentir as pálpebras pesarem e faz o sinal de um *E* para receber um energético. É uma operação complicada, beijar Craig e beber por um canudo ao mesmo tempo. Mas Craig toma cuidado para que Harry consiga, e acaba ganhando mais do que algumas gotas de energético na boca como resultado. Quase imediatamente, Harry sente o coração disparar quando a bebida entra em seu corpo. Ele vai ficar bem por algumas horas, mas depois talvez precise de outro estimulante. Por sorte, sua bexiga está se comportando.

Craig está chateado, mas não surpreso, por sua mãe não ter voltado. Deve ter sido ordem do pai. Ignorar. Negar.

Ele poderia mandar uma mensagem de texto para ela. Poderia implorar para que ela voltasse. Poderia perguntar o que está acontecendo.

Mas ele se obriga a parar. Os pais precisam resolver sozinhos. Porque não é ele que tem um problema, são eles.

Harry o sente se afastando. Puxa Craig para mais perto. Beija-o com vontade. Beija-o para puxá-lo de volta.

As pessoas comemoram. Mas nem todas. A essas alturas, há pessoas na multidão que não estão sorrindo. A repulsa delas seria visível para qualquer pessoa ao lado, se as pessoas ao lado estivessem olhando. Mas, por enquanto, elas estão invisíveis, exceto para nós. Nós as vemos, e não temos dúvidas de que não vão permanecer invisíveis. Não por muito tempo.

A noite segue.

— Não repare na bagunça — diz Julian ao girar a chave na fechadura.

Cooper promete que não vai reparar. Ele aposta que seu quarto é mais bagunçado.

E, como esperado, quando ele entra no apartamento, não sabe de que Julian está falando. Tudo parece estar em ordem. Não é um apartamento grande, mas não tem cuecas para todo lado, nem canos vazando pelo teto. Há telas em vários estágios por toda a sala.

Julian vê Cooper olhando e sente necessidade de explicar.

— É o jeito como eu trabalho: passo uma hora numa coisa, depois mudo pra outra, depois volto. Costumo trabalhar em pelo menos vinte quadros ao mesmo tempo. É muito déficit de atenção, eu sei. Já tentei fazer diferente, mas os quadros se cansam.

Cooper indica o quadro no cavalete.

— Aquela é sua mãe?

Julian fica vermelho.

— Não. Na verdade, é Joni Mitchell. Escuto muitas músicas dela enquanto pinto, aí pensei em retribuir o favor. Mas não sei se ela apreciaria o gesto. Você sabia que ela também é pintora?

Cooper não faz a menor ideia do que Julian está dizendo, e, quando Julian percebe isso, fica ainda mais vermelho.

— Estou sendo um péssimo anfitrião — diz ele. — Nem ofereci uma bebida ainda, Drake. O que você quer?

Cooper quase tropeça nesse *Drake*, pois tinha esquecido que esse era seu nome agora. Mas se recupera rapidamente e pede um uísque com Coca-Cola. Ele nunca bebeu com outra pessoa, só em companhia do armário de bebidas do pai, quando os pais estavam viajando. Uísque com Coca é a primeira coisa que surge em sua mente.

— Talvez tenha que ser uísque com Coca diet — diz Julian. — Vou olhar. — Ele vai até a cozinha e grita: — É, Coca diet.

— Tudo bem! — grita Cooper de volta.

Cooper consegue ouvir a máquina de gelo trabalhando, depois o estalo de cubos caindo em copos e o som da Coca diet quando a tampa é girada. Ele olha alguns dos quadros e gosta deles mais do que achava que gostaria. Julian não é ruim. E tem alguma coisa de que ele gosta na forma como todos os quadros estão interminados. Eles parecem mais reais assim. Pessoas presas entre rabiscos e o fim da pintura. Cooper não faz a menor ideia de quem são. Mas não espera saber, então não tem problema. Tem uma que parece sua professora de inglês do oitavo ano. Mas ele tem certeza de que não deve ser ela, e mal se lembra dela, de qualquer modo.

Julian chega com dois copos da mesma bebida. Cooper gosta do gosto: tem o equilíbrio certo, com o uísque parecendo caramelo alcoólico no centro do borbulhar químico da Coca diet. Julian pergunta qual é o pintor favorito dele, e Cooper diz Picasso porque é o primeiro pintor em quem consegue pensar. Julian pergunta qual é seu período favorito de Picasso, e do fundo de sua mente surge *período azul*, então essa é sua resposta. Pela reação satisfeita de Julian, ele consegue saber que é uma boa resposta.

Julian começa a falar que os impressionistas são supervalorizados pela população em geral, o que leva a serem desprezados pelos pretensos especialistas. Cooper acaba com a bebida e quer que Julian pare de falar de Monet, porque não foi em um aplicativo de apreciação de arte que eles se conheceram, foi em um aplicativo de sexo. Julian percebe que perdeu Cooper e interrompe a frase no meio, depois toma um gole da bebida ainda quase inteira.

— Vou colocar uma música — diz ele, e pergunta se Cooper tem alguma preferência.

Cooper diz que qualquer coisa está bom, mas fica impressionado quando Julian vai até o computador e coloca Arcade Fire.

— Gosto deles — diz Cooper, e apesar de só serem duas palavras, sente-se estranho dizendo-as, como se tivesse acabado de fazer uma revelação.

— Eu também — diz Julian, e toma outro gole.

Cooper quer que alguma coisa comece a acontecer, e quer que comece logo. Portanto, chega mais perto de Julian. Bem mais perto. Inegavelmente perto. Julian está prestes a começar uma frase, mas o movimento de Cooper a bloqueia. Cooper pensa: *É isso que queremos, não é?* Ele apoia o copo na mesa, tomando o cuidado de não colocá-lo perto demais de nenhuma das telas. É hora de agir. Ele viu tantas cenas de caras fazendo isso, ficou de pau duro com eles fazendo isso, se masturbou com eles fazendo isso. Agora, chegou a hora. Julian tem um corpo lindo, um rosto legal. Cooper quer ver o que vai acontecer, quer ver se isso muda alguma coisa. Julian está colocando a bebida na mesa, passando a mão pelo braço de Cooper. Cooper sabe que está com ele na palma da mão, que está com a situação na palma da mão. Ele estica a palma e a coloca na lateral do pescoço de Julian. Inclina-se. E aí está, eles estão pressionando as bocas, os corpos. Cooper quer tanto, quer alguma coisa, e não quer parar para respirar, quer continuar e continuar. É Julian quem se afasta por um segundo, que pergunta se está tudo bem. E Cooper diz que sim, claro que está tudo bem, e eles voltam a se abraçar. É como ele pensou que seria e não é como ele pensou que seria, porque Julian é mais delicado do que ele imaginou que um estranho poderia ser, e quando Cooper tenta ir mais rápido, Julian vai mais devagar. É uma discordância sutil, e eles agem de acordo com o jogo que isso é. Cooper quer empurrá-lo no sofá, quer que ele fique deitado, mas o sofá está coberto de quadros, então ele deixa seguir mais um pouco, depois para e pergunta:

— O quarto?

E, quando Julian faz uma expressão de surpresa, ele diz:

— Não quero esmagar seus quadros.

Julian sorri ao ouvir isso, o pega pela mão e eles vão para o pequeno quarto, ainda de pé e se beijando, então Cooper o derruba na cama. Julian ri, e Cooper beija a gargalhada. Ela acaba, a gargalhada, e em vez dela há mãos explorando; Cooper, sem muita noção, quebra a sequência e vai direto para a virilha, e Julian se afasta, direciona-o para a cintura, mas Cooper não está satisfeito, não está sentindo o que quer sentir. Ele recua por alguns minutos, beija-o deitado por cima, depois rola para que eles continuem se beijando com ele deitado embaixo, as virilhas se tocando agora, ele sentindo o que está acontecendo por baixo do jeans de Julian, depois rolando de novo para poder tirar a própria camisa e a de Julian. Agora é pele na pele, suor no suor, e está quente, muito quente, mas Cooper ainda não está sentindo o que quer sentir, tudo ainda parece vazio para ele, ele ainda se sente vazio. Assim, ele beija Julian mais intensamente, desce a mão, e Julian sussurra:

— Ainda não.

Cooper sente que não consegue esperar muito mais, está indo muito devagar e ele quer que seja rápido o bastante para que ele não sinta mais nada, não pense em mais nada, porque não é assim que o sexo deve ser? Não é para ser uma forma de esquecimento? Ele ainda não chegou lá, ainda não, e Julian está diminuindo a velocidade de novo, acalmando o momento, e Cooper não entende por que eles ainda não estão nus, então leva a mão ao cinto de Julian, mas Julian os vira de forma que fica impossível de abrir a fivela. Cooper segue para os botões de sua própria calça jeans, mas Julian puxa sua mão, força-a para cima, para acima da cabeça, e Cooper gosta do movimento forte, gosta da força, sente o peito de Julian contra o peito nu, ofega involuntariamente quando Julian beija seu pescoço, depois a interseção do pescoço e a escápula, uma zona erógena que ele nem sabia que tinha. Ele quer mais, mais ainda, e os vira de forma a ficarem lado a lado, desce as mãos, solta-as das de Julian, começa inocentemente nos ombros, mas as conduz para baixo, mais para baixo, e as mãos de Julian estão lá de novo, bloqueando-o. Julian diz:

— Vamos um pouco mais devagar. É só o primeiro encontro.

E Cooper sente vontade de dizer que eles só vão ter um encontro, então que é melhor irem logo até o fim, é melhor verem logo o que tem debaixo das calças jeans. Se isso fosse um filme pornô, eles já estariam nus, já estariam se chupando. Mas é claro que ele não diz isso, não diz que é o único encontro que eles terão, não quer que as coisas parem completamente, quer negar que talvez em sua mente ele estivesse esperando encontrar um namorado esta noite, porque todo mundo sabe que não se entra em um aplicativo de sexo para encontrar namorado, e Julian jamais iria querer ficar com ele mesmo, porque Julian acha que agora está lambendo o mamilo de um universitário de 19 anos com a vida organizada, e Cooper está pensando: *Cadê o esquecimento?* Pois agora até seu corpo está começando a se afastar, e isso é ridículo porque ele é um garoto de 17 anos e uma brisa é capaz de deixá-lo excitado, e apesar de ele ainda estar de pau duro, parece que não vai dar em nada, e agora Julian percebe que eles perderam o ritmo e se afasta, se deita sobre o travesseiro, fica de lado e acaricia os ombros de Cooper, toca nas bochechas de Cooper, diz que ele é lindo, e Cooper não quer ser lindo, não quer ser um quadro, quer trepar até esquecer, e sabe, sabe perfeitamente, que Julian não é o cara para esse tipo de coisa. Na verdade, o único cara para isso seria alguém que não desse a mínima para ele, e isso só seria pior. Então, esse é um caminho sem saída. É um alívio negado. Julian pergunta:

— Você está bem?

E Cooper diz que está ótimo, porque o que é mais uma mentira vazia? Julian o beija de novo, e eles ficam existindo assim, meio entrelaçados, com Julian tocando seu cabelo, seu peito. Respirando delicadamente, tentando encaixá-los em alguma coisa mais suave do que a vida normal. Cooper sabe que deveria se sentir lindo, ou ao menos relaxado. Mas, deitado ali, ele sente como se fosse feito de pedra. Ou não, nem mesmo pedra. Ele se sente de carne. Não de pele, não de batimentos. Só carne. Julian o está tratando como uma pessoa especial, mas ele não sabe de nada, porque Cooper é um merda, e Julian está ali deitado admirando-o.

Ele fecha os olhos, sente o toque, mas não tem nenhuma sensação a partir dele. O tempo se expande, e ele abre os olhos e encara o relógio, que parece tremer. Cooper deve ter dormido um pouco. Julian também. Agora, Cooper desperta com um susto, e Julian se mexe ao seu lado.

— Que horas são? — murmura Julian, e eles veem que horas são, e é bem mais tarde do que os dois gostariam. — Acho que apagamos — diz Julian com um sorriso.

Ele se levanta, coloca a camisa e avisa Cooper antes de acender a luz.

— Acho que devemos parar por aqui — diz Julian. — Tenho que trabalhar amanhã cedo, acordo às 5h30. Por isso, preciso dormir. Ou voltar a dormir, na verdade. Vou te levar de volta pro carro. Ou acompanho a pé.

A ideia de ir para o carro o deprime. Mas, mesmo assim, Cooper não consegue acreditar no que diz em seguida. Quando as palavras saem de seus lábios, ele não consegue acreditar que as está dizendo. Ele se odeia profundamente por dizê-las. Elas o fazem sentir como se tivesse 9 anos.

— Será que posso passar a noite aqui? — pergunta ele.

Julian não está esperando isso. Ele olha para a camisa de Cooper, emaranhada no chão.

— Não desta vez, tá? — diz ele. — Sei que parece bobagem, mas é um passo grande pra mim. Além disso, tenho que acordar cedo demais. Em uma outra ocasião.

As palavras que querem sair pela boca de Cooper em seguida são *Posso dormir no sofá*. Mas desta vez ele consegue segurá-las, engoli-las. Se ele mentisse melhor, poderia inventar uma história para justificar o pedido (uma festa no dormitório, a presença da namorada do colega de quarto, a sensação de que o uísque com Coca bateu forte demais para ele dirigir). Mas as mentiras estão tão inacessíveis para ele quanto a verdade para Julian.

Cooper pega a camisa no chão e a veste, depois guarda as moedas que caíram de seu bolso quando ele e Julian estavam rolando pela cama. Ele diz para Julian que não precisa levá-lo até o carro no carro dele e nem a pé. Diz que a caminhada seria boa e que não precisa acordar tão cedo quanto ele. Julian ainda não calçou os sapatos e, por causa disso, e também porque Cooper não parece querer companhia, ele desiste. Juntos, eles saem do quarto e vão até a porta da frente. Julian dá outro beijo nele, mas Cooper já quase não sente nada. Antes de Julian abrir a porta, ele pede o número do telefone de Cooper. Cooper dá um número falso.

— Espero te ver de novo — diz Julian na despedida.

— É, obrigado — responde Cooper. E sai pela porta.

Por um momento, quando ele sai, a sensação do ar é boa. Mas só porque ele não está pensando em mais nada.

Mas logo ele começa a pensar em outras coisas, e a sensação não é boa. O barulho foi incomodá-lo de novo. O barulho plano e morto.

Vemos Julian levar os dois copos para a cozinha, com o gelo agora derretido. Vemos quando ele os coloca na pia e fica ali, com as duas mãos na bancada, perguntando-se o que acabou de acontecer.

A quilômetros de distância, Peter e Neil estão sentindo muito mais certeza. Depois do jantar, eles se esconderam no porão e ficaram se agarrando um pouco, um interlúdio intenso que chegou a uma conclusão mutuamente satisfatória. Em seguida, eles entraram online e conversaram com amigos, muitos deles também vendo o Grande Beijo. Por fim, chegou a hora de Neil ir embora, então eles estão agora se despedindo como sempre, Peter de cueca boxer, Neil de pijama.

— Eu poderia beijar você de pé durante horas — diz Peter.

— Eu também.

Eles acenam e se despedem para dormir.

Ryan manda uma mensagem de texto para Avery para dar boa-noite e perguntar o que ele vai fazer amanhã. Será que quer passear de novo?

Avery tem um milhão de outras coisas para fazer, mas é claro que diz que não tem nada. Que está completamente livre.

Ele deveria estar flutuando depois desse dia, mas um olhar no espelho o puxa para baixo. Ele tem um espelho de corpo inteiro no quarto que costuma ser seu inimigo. Esta noite, ele se olha e tenta ver o que Ryan vê, mas só se decepciona. Ele se dedicou tanto a mudar o corpo, a torná-lo o corpo certo, mas não consegue nem chegar perto de amá-lo. Ele acha que é porque nasceu com o corpo errado, mas temos vontade de sussurrar no ouvido dele que muitos de nós nasceram com o corpo certo e *mesmo assim* se sentiram estranhos dentro deles, traídos. Entendemos nossos corpos de forma completamente errada. Nós os punimos, os censuramos, queríamos um ideal olímpico que era profundamente injusto com eles. Odiamos os pelos em algumas partes e a falta de pelos em outras. Queríamos que tudo fosse mais firme, mais forte, mais intenso, mais rápido. Raramente reconhecemos nossa beleza, a não ser que outra pessoa reconhecesse em nosso lugar. Passamos fome, nos esforçamos, nos escondemos ou desfilamos, e sempre havia outro corpo que achávamos melhor do que o nosso. Sempre havia alguma coisa errada, geralmente muitas coisas. Quando tínhamos saúde, éramos ignorantes. Nunca conseguíamos ficar felizes com nossos corpos.

Respire, temos vontade de dizer a Avery. *Sinta-se respirar. Porque isso é tão parte do seu corpo quanto todo o resto.*

Avery, nós sussurramos, *você é uma maravilha.*

E ele é. Talvez nunca acredite, mas é.

São onze horas de uma noite de sábado. Como raramente há alguma coisa para se fazer em uma noite de sábado na cidade de Harry e Craig, muitas pessoas estão indo para o gramado da escola para ver os dois garotos se beijando. Uma quantidade enorme de fotos está sendo tirada com celulares, a comemoração descartável deste dia e época. Às vezes, garotas precisam pedir para os namorados bêbados ficarem quietos quando eles querem dizer alguma coisa inadequada. Ou talvez os namorados digam baixinho e as namoradas riam. Nem todo mundo está aqui para dar apoio. Algumas pessoas só foram por achar um show de bizarrice.

— Aposto que, se quiséssemos quebrar o recorde mundial com um beijo *hétero*, jamais deixariam a gente usar o gramado da escola — reclama um rapaz, como se fosse uma aspiração particular que foi roubada dele.

— Sem dúvida — concorda a namorada.

— Isso é uma palhaçada — declara outro cara em tom alto, com a voz e a confiança ampliadas pela Budweiser que ele bebeu.

Você é uma palhaçada, a garota do clube de teatro ao lado dele tem vontade de dizer.

A multidão acaba diminuindo, pois não há nada para ver depois de um tempo. Está ficando tarde e um pouco frio. As pessoas voltam para os carros. Algumas vão para festas, mas a maioria vai para casa.

Mesmo na equipe de Harry e Craig (é assim que eles se veem agora, onze horas depois do começo), há uma mudança de turnos. A mãe de Harry manda um beijo para Harry e Craig e vai para casa descansar. Ela voltará de manhã. Rachel também vai para casa a fim de poder pegar o lugar de Tariq mais tarde, apesar de ter jurado ficar acordada o tempo todo. Smita prometeu à mãe que voltaria para casa à uma da madrugada. Mykal tem alguns amigos que estão dormindo agora, mas virão no meio da noite, com tubos fluorescentes e cafeína.

É também o fim do turno do Sr. Nichol. Quando o substituto se aproxima, não conseguimos acreditar em nossos olhos.

Olhem, olhem, dizemos uns para os outros. É Tom!

Ele é o Sr. Bellamy para seus alunos de história. Mas é Tom para nós. Tom! É tão bom vê-lo. Tão maravilhoso. Tom é um de nós. Tom passou por tudo conosco. Tom sobreviveu. Ele ficou no hospital com tantos de nós, o arcanjo de St. Vincent, nossa versão mais saudável, fazendo perguntas a médicos e chamando enfermeiras e segurando nossas mãos e segurando as mãos dos nossos companheiros, dos nossos pais, de nossas irmãzinhas, de qualquer pessoa com uma mão para ser segurada. Ele teve que ver tantos de nós morrerem, teve que se despedir tantas vezes. Fora dos quartos, ele ficava zangado, triste, desesperado. Mas, quando estava conosco, era como se fosse motivado apenas por um motor gracioso. Mesmo as pessoas que nos amavam hesitavam no começo na hora de nos tocarem, mais pelo choque de nossa aparência diminuta, pela estranheza de como estávamos ausentes e presentes, sem ser quem éramos, mas ainda sendo quem éramos. Tom se acostumou. Primeiro por causa de Dennis, pela forma como ficou com ele até o fim. Ele poderia ter ido embora depois disso, depois que Dennis morreu. Não o culparíamos. Mas ele ficou. Quando seus amigos ficavam doentes, ele estava lá. E, com aqueles de nós que ele não conhecia, ele era sempre um sorriso no quarto, sempre um toque no ombro, um flerte leve de que precisávamos. Eles deveriam tê-lo feito enfermeiro. Deveriam tê-lo feito prefeito. Ele perdeu anos da vida conosco, embora não seja essa a história que ele contaria. Ele diria que ganhou. E diria que teve sorte, porque quando ele pegou, quando o sangue dele se virou contra ele, foi um pouco mais tarde e o coquetel estava começando a funcionar. Assim, sobreviveu. Chegou a um tipo diferente de depois do que nós. Ainda é um depois. Todos os dias parecem um depois para ele. Mas ele está aqui. Está vivendo.

Professor de história. Um professor de história fora do armário e sincero. O tipo de professor de história que nós jamais teríamos tido. Mas perder a maioria dos seus amigos faz isso: deixa você destemido. Qualquer coisa que alguém ameace, qualquer coisa que faça alguém se sentir ofendido não importa porque você sobreviveu a coisas muito, muito piores. Na verdade, ainda está sobrevivendo. Você sobrevive a cada dia abençoado.

Faz sentido Tom estar aqui. Não seria a mesma coisa sem ele.

E faz sentido ele ter escolhido o pior turno. O da noite.

O Sr. Nichol passa o cronômetro para ele. Tom anda até lá e diz oi para Harry e Craig. Ele estava assistindo a transmissão, mas é ainda mais intenso ver os dois em pessoa. Ele faz um gesto, como um rabino ou um padre oferecendo uma bênção.

— Continuem — diz ele. — Vocês estão indo muito bem.

A Sra. Archer, vizinha de Harry, levou café e oferece uma xícara a Tom. Ele aceita com gratidão.

Quer estar bem desperto para isso tudo.

De tempos em tempos, ele olha para o céu.

* * *

Chegamos à meia-noite. Tariq não consegue acompanhar todos os comentários. Mesmo com Harry e Craig nos celulares também respondendo, tem pessoas demais para agradecer uma a uma. Tariq pensou que o ritmo diminuiria com a madrugada, quando as pessoas fossem dormir. Mas não estava contando que o evento se tornaria tão global. Quando as pessoas estão indo dormir em Nova Jersey, outras acordam na Alemanha. Na Austrália, é quase de tarde. Em Tóquio também. Por causa do blogueiro de cabelo rosa e de todas as outras postagens que vieram depois, a notícia se espalha por aí. Rachel monta rapidamente uma página no Facebook, que já tem 50 mil fãs.

Tariq está trocando mensagens com uma pessoa do site que está hospedando a transmissão para ter certeza de que haja largura de banda suficiente quando ouve um motor sendo acelerado atrás de onde está, como um caminhão passando.

Há um grito:

— *VIAAAAAAAAAADOS! SEUS VIAAAAADOS IMUNDOS!*

Em seguida, gargalhadas e gritos vêm do carro que faz o barulho. Todos se viram, e o carro segue pelo estacionamento e dá meia-volta para passar de novo.

— *VOCÊS NÃO PASSAM DE VIAAAAADOS!*

Por causa dos holofotes, é difícil ver fora do círculo de luz, é difícil ver qualquer coisa além dos faróis e de uma mancha de cabeça para fora da janela do passageiro. Tariq se sente congelar. Ele sabe que esses caras não vão sair do carro, não vão até lá com tantas câmeras ligadas e a polícia e tantas testemunhas. Mas seu instinto é de medo.

Harry e Craig também escutam. Craig se encolhe ao ouvir, e Harry está ao mesmo tempo achando graça e furioso. Ele se recusa a levar bêbados de merda a sério. Vê o policial dar alguns passos desanimados para longe da área isolada a fim de tentar ver o carro melhor. Mas ele já saiu disparado, depois de os ocupantes manifestarem sua opinião. O pai de Harry está perguntando a Tariq e Smita se eles sabem quem era, se eram garotos da escola. Mas nenhum dos dois sabe. Mykal sai perguntando para os espectadores.

Harry faz um gesto de M de música, depois indica que Tariq deve aumentar o volume. Tariq planejou bem a lista de músicas, não há nenhuma balada na lista para esta parte da noite. O que tem é Lady Gaga, Pink, Kylie, Madonna, Whitney, Beyoncé, as sereias gays, presentes para atrair você para longe do sono e para a pista de dança. Tariq encontrou uma mixagem de "Express Yourself/Born This Way" e, quando aumenta o volume, Harry convence Craig a dançar com ele. Se eles vão ser viados, que sejam viados dançarinos. Viados dançarinos *que se beijam.*

A pulsação de Tariq ainda está disparada, mas ele deixa que a música tome conta e o leve para longe do que acabou de acontecer. Ele começa a mover o corpo, a fazer alguns passos, a imaginar que esta é a boate deles, o espaço deles, o domínio deles. Smita se deixa contagiar e até o Sr. Bellamy começa a dançar de um jeito meio adulto. Tariq não consegue acreditar quando o Sr. Ramirez e a Sra. Archer, a vizinha que levou o café, começam a cantar juntos. Eles devem conhecer a música por verem *Glee...* Quem sabe? O policial é o único que não participa, mas Tariq tem certeza de que tem algum Zeppelin na lista para ele mais tarde.

A loucura é que Harry se sente totalmente consciente de novo. Se ele está cansado de ficar beijando Craig? Ah, claro. Os dois já estão cansados há horas a essa altura. Mas esse é o desafio, seguir em frente e passar por isso tudo. Se você está correndo uma maratona, não espera encontrar prazer a cada passo. A música está ajudando a lembrá-lo que as horas depois da meia-noite podem ser usadas para outras coisas sem ser dormir.

Ele sente uma coisa nas costas e no começo não entende o que é. Talvez pudesse ser a mão de Craig acompanhando o ritmo. Mas aí, o segundo ovo bate bem na lateral da cabeça dele. Ele o ouve quebrando ao lado da orelha. Sente o choque, a gosma escorrendo. Outro bate em sua perna. Seu instinto é de se encolher, de se virar. Mas, por sorte, Craig está ali, bem ali, para levantar a mão e protegê-lo, para levantar a mão e lembrar Harry de ficar onde está. A gema está começando a escorrer por seu rosto, pelo pescoço. Craig tenta limpar ao mesmo tempo em que o pai de Harry grita alguma coisa e sai correndo para a escuridão além das luzes. O policial está alerta agora, falando no rádio. Smita está correndo com uma toalha para Craig poder tirar o ovo do rosto de Harry. (Mais ninguém pode tocar nele, pois poderia ser considerado "manipulação".) Tariq fica paralisado por um momento, olhando na direção para onde o Sr. Ramirez foi, perguntando-se o que deveria fazer. Ele olha para o computador, e os comentários da transmissão estão enlouquecidos, com todo mundo perguntando O *que foi isso? O que está acontecendo?* Agora, ele tem uma coisa a fazer, e se vê gritando estupidamente para Harry e Craig:

— Continuem se beijando!

Porque é isso que ele precisa ver agora, é o que todo mundo precisa ver. Mas Harry está tremendo. Ele não consegue controlar, está tremendo. Não consegue acreditar no que aconteceu, e sabe que não deveria estar constrangido, mas está. Ele se sente desprezado, ridicularizado. Por uns merdas. Ele consegue sentir o cheiro de ovo em sua pele. Apesar de Smita estar molhando a toalha com água mineral agora, para que Craig consiga limpar bem, ele ainda consegue sentir na pele o choque do impacto.

O pai volta de mãos vazias e diz alguma coisa para o policial. Não deu para saber quem foi. Saíram correndo a pé. Poderiam ter ido em qualquer direção. O Sr. Ramirez acha que era mais de um adolescente. Mas foi difícil ter certeza no escuro.

Craig sente Harry tremendo. Ele o abraça mais perto do corpo, sente a mancha de ovo nas costas da camisa dele. Craig faz um sinal de R com a mão, de *roupas*, e aponta para Harry. O Sr. Bellamy entende e oferece um moletom a Harry. Ele está tremendo mais agora, e Craig precisa segurar a nuca dele para que não acabe se soltando do beijo. Harry estica os braços para Craig poder ajudá-lo a colocar o casaco de moletom, um braço de cada vez. É estranho ser vestido assim, mas ele fica grato por se sentir mais aquecido.

Acabou, ele diz para si mesmo.

Mas não acabou. Ainda não. Porque agora há vozes no escuro. Vozes chegando mais perto. E pontos de luz; lanternas. São 0h23 e as pessoas estão vindo ficar aqui, vindo ajudar. Elas viram o que aconteceu e não podem ficar em casa. Não só os amigos de Harry e Craig. Mas os pais dos amigos também. Jim, da equipe técnica, veio trazendo mais iluminação do porão da casa dele. Deve ter pelo menos umas 12 pessoas. E, logo depois, mais do que 12. A mãe de Smita está aqui. Mais dois policiais. E um homem que Harry nunca viu antes se aproxima e vai direto até o Sr. Bellamy, dizendo:

— Vou ficar bem aqui com você.

Eles usam alianças iguais.

O local fica uma colmeia de tanta atividade. Jim coloca mais luzes no gramado para eles poderem enxergar melhor. E, embora antes as pessoas estivessem assistindo, elas faziam isso em círculos de conversa, mas agora estão formando uma fila, um muro entre Harry e Craig e o mundo exterior. Para protegê-los.

O tempo todo, a música não parou. "Can't Get You Out of My Head" está soando no ar. Harry sente Craig ficando alerta por algum motivo. Ele olha para o lado e vê duas pessoas se aproximando.

A mãe de Craig. Seu irmão mais velho, Sam, do último ano do ensino médio.

Eles vão direto até Craig, e a mãe dele pergunta se ele está bem.

Ele faz que sim de leve.

— Sam estava assistindo e veio nos chamar.

Nos chamar. Craig ouve o pronome *nos* e não entende no começo. Mas logo seu pai e seu outro irmão, Kevin, também chegam.

— Eu estava estacionando — diz o pai de Craig. — Sua mãe não conseguiu esperar.

Craig se dá conta de repente: ele está nesse momento *beijando Harry na frente do pai*. Sua mente não consegue se acostumar com isso. Nem um pouco.

O pai de Harry se aproxima para se apresentar para o pai e os irmãos de Craig, e, mais sutilmente, para garantir que eles não acabem bloqueando as câmeras. Craig consegue ver seu pai avaliar o pai de Harry; que por sua vez está fazendo o melhor que pode para causar uma boa impressão.

Kevin, que é aluno do sétimo ano, parece não entender por que foi acordado por causa disso. Mas Sam fica olhando para Craig. Dez minutos antes, se você dissesse para Craig que Sam estava no carro com os caras gritando "VIADOS!", ele não teria ficado muito surpreso. Mas agora, precisa admitir que o olhar do irmão é mais complicado do que isso. Não é um olhar mortal de irmão mais velho. Ele só deve estar tentando entender a situação tanto quanto Craig está.

— Não vamos ficar muito tempo — diz o pai.

— Mas acabamos de chegar — reclama Kevin.

— Está tarde. Só queríamos ver se ele estava bem, e ele está.

Craig consegue sentir o pai se mantendo distante. Mas, mesmo assim, está bem mais próximo do que Craig pensou que estaria. Ele se pergunta o que sua mãe disse para ele, como explicou.

— Eu vou ficar — murmura Sam.

O pai não parece feliz com isso.

— Já passa da meia-noite — diz ele. — Você vai pra casa.

Sam sorri com malícia e diz:

— Mas *Craig* pode ficar…

Craig consegue sentir o tremor da risada de Harry ao ouvir isso.

Mas o pai de Craig não acha engraçado.

— Não me pressione — diz ele. — Eu não vou mais longe do que isso.

Craig consegue ver Sam pensando. Ele tenta usar os olhos para implorar que o irmão vá. Não que Sam já o tenha ouvido antes.

A mãe de Craig se intromete.

— Podemos todos voltar amanhã — diz, guiando Sam na direção do carro.

— Estaremos aqui! — diz o pai de Harry, talvez com alegria demais.

A mãe de Craig observa o muro de simpatizantes que se formou. Quando se volta para Craig, é difícil ler a expressão no rosto dela. Ou talvez seja isso o que está sendo expressado: uma completa falta de definição.

Craig aponta para o estacionamento e faz um sinal de ok. Assim, ela sabe que está tudo bem em ela ir embora. Apesar de ninguém ter perguntado a ele.

Tão rapidamente quanto apareceu, sua família volta para casa.

Os dois ainda têm vinte e três horas pela frente.

Harry ainda consegue sentir na pele o cheiro de ovo.

Às duas da madrugada, Cooper acorda no banco de trás do carro. Seu corpo está dolorido por tentar se acomodar no espaço diminuto. O cinto de segurança estava apertando suas costas. Ele olha para o relógio e só sente decepção ao ver as horas, pois quer que sejam cinco ou seis ou a hora do esquecimento. Ele nunca dormiu no carro e não sabe por quanto tempo vai aguentar. Se essa é sua vida agora, se é isso que sua vida se tornou, é ainda mais patética do que era antes. Ele devia ter levado algumas roupas. Devia ter levado comida. Nem há vozes em sua mente dizendo isso; seria bem mais fácil se houvesse, porque aí poderia ser uma conversa. Mas essas são coisas que ele *sabe*, e nenhuma voz precisa se dar ao trabalho de dizê-las. Ele poderia tentar se distrair com o celular, mas a bateria está baixa e o carro precisa estar ligado para o carregador funcionar. E ele está cansado do celular. Cansado dos homens e dos garotos. Cansado de todo mundo querendo tanto ficar excitado a ponto de se tornarem mentes obcecadas vivendo de um minuto obcecado até o seguinte. E para onde isso leva? Homens e garotos em todos os Estados Unidos se masturbando, e nenhum deles se importa com Cooper. É verdade que, se eles lessem sobre Cooper no jornal, ficariam tristes. Mas Cooper acha que eles não perceberiam que era ele, o garoto com quem estavam conversando online na noite anterior.

Cooper não acredita que o dia seguinte vá ser melhor. E nenhum outro dia. Não de verdade. Temos vontade de dizer que ele está errado de mil maneiras diferentes. Mas quem somos nós? Mesmo se pudéssemos falar, mesmo se pudéssemos bater naquela janela e fazer com que ele a abrisse, ele jamais acreditaria no que temos a dizer, não em comparação com o que acredita sobre si mesmo e sobre o mundo.

Sua mente está pegando fogo agora, e vai demorar horas até se acalmar o bastante e alcançar a temperatura certa para o sono. Ele está com raiva do pai, com raiva da mãe, mas principalmente passou a achar que isso tudo era inevitável, que ele nasceu para ser um garoto que precisa dormir no carro, que não havia como ele terminar o ensino médio sem ser descoberto. Ele sente que foi azedado por seus próprios desejos, dilapidado pelos próprios impulsos. Ele despreza a si mesmo, e essa é a chama que queima sua mente.

Ele está cansado demais para fazer qualquer coisa sobre isso. Cansado demais para ligar o carro e carregar o celular. Cansado demais para pensar em um lugar melhor para estar. Cansado demais para fugir para algum lugar. Cansado demais para acabar com tudo. Assim, fica no banco de trás, contorcendo-se, mas sem encontrar conforto. Incapaz de dormir. Incapaz de viver. Incapaz de ir embora.

Nós acordávamos no meio da noite. Às vezes, havia tubos enfiados em nossas gargantas. Às vezes, estávamos ligados a máquinas que pareciam mais vivas do que nós. Às vezes, a escuridão estava entremeada de luz. Às vezes, havíamos sonhado que estávamos em casa e que nossas mães estavam no quarto ao lado. Não conhecíamos o quarto no qual acordávamos, ou conhecíamos bem demais. A última parada. O destino final. E ali estávamos nós, presos nessas horas infinitas e imperdoáveis. Incapazes de dormir. Incapazes de viver. Incapazes de ir embora.

O mundo está mais calmo agora. Nunca fica calmo, mas pode ficar mais calmo. Que criaturas estranhas nós somos, que achamos o silêncio uma coisa tranquila ao mesmo tempo em que o silêncio permanente é o que mais tememos. A noite não é isso. A noite ainda faz barulho, ainda estala e sussurra e treme na garganta. Não é a escuridão que tememos, mas nossa impotência nela. Que misericordioso é o fato de termos os outros sentidos.

Há poucas luzes acesas nesta cidade às quatro da madrugada. A maioria delas esquecida acesa sem querer. Há um ou dois leitores da madrugada, um ou dois insones, um ou dois trabalhadores. Mas quase todo o resto está dormindo.

Somos nós que estamos despertos.

Exceto pelo gramado em frente à escola de ensino médio. Lá, dois garotos continuam se beijando. Com os músculos doloridos, as bocas cansadas, as pálpebras pesadas, Harry e Craig se agarram um ao outro, se seguram às forças dentro deles que vão mantê-los acordados. Às quatro da madrugada, você pode ficar tão tonto que até as estrelas parecem ter som. Harry e Craig se balançam ao som dessas estrelas, as poucas que brilham acima de suas cabeças, mas também ao som de todas as estrelas não vistas, todas as nebulosas que estão fora de alcance, mas presentes mesmo assim. Às quatro da madrugada, você pode imaginar que o universo inteiro está olhando para você. Harry e Craig dançam pelo universo e também pelos amigos que se reuniram, para o anel de pessoas que permanece ao redor deles. O Sr. Ramirez está roncando baixinho na cadeira. Os dedos de Tariq digitam no teclado as respostas a perguntas de Roma e Edimburgo e Dubai. A mãe de Smita anota pedidos de café. Jim ri de alguma coisa que outro garoto da equipe técnica disse. O Sr. Bellamy, nosso Tom, diz para o marido que tudo está bem, que ele deveria ir para casa dormir. Harry e Craig dançam também com esses sons. Craig precisa ser abraçado, e Harry o está abraçando. Harry está deixando a mente vagar, relembrando livros que leu, filmes que viu, coisas que pode querer dizer para as dezenas de milhares de pessoas que os estão assistindo. Mas a mente de Craig não divaga muito mais do que a de Harry. Com tudo que aconteceu, Craig está se encolhendo no abrigo que é Harry, na familiaridade do corpo dele, dele todo. Foi disso que ele sentiu falta quando não tinha mais, o que sua solidão parece pedir. Ele sabe o motivo para Harry o estar beijando, mas ainda sente como um beijo. Não consegue evitar, porque isso o ajuda. Não consegue evitar porque agora precisa tanto disso.

Ele não está errado de fazer isso. Quando você precisa se agarrar a alguma coisa, deve se agarrar a ela. Você deve aceitar qualquer coisa que possa ajudar você a ir até o fim.

Harry também precisa dele. Mesmo que ele não se concentre tanto nessa necessidade agora, ela está lá. Ele fica tão seguro com ela que mal percebe que está presente. Como o frescor da noite, como os sons baixos que servem de trilha sonora das estrelas.

Sabemos como é precisar se segurar. Nós nos seguramos em vocês. O que é o mesmo que dizer que nos seguramos na vida.

Vocês têm música nas pontas dos dedos. Qualquer música que queiram ouvir, lá está ela.

Achamos isso maravilhoso. A jukebox infinita.

Se queremos ouvir uma música, precisamos roubar as ondas sonoras que vocês espalham no ar. Mas há momentos tão palpáveis, tão sincronizados com uma música que conhecíamos, que ela se toca sozinha em um toca-fitas esquecido que nem nossa memória parece controlar.

Como no momento em que Ryan acorda e pensa em Avery, e o momento (quarenta minutos depois) em que Avery acorda e pensa em Ryan. Só há o som da respiração deles quando eles abrem os olhos para o dia, só um movimento no colchão, uma queda acidental de travesseiro no chão. Isso deveria ser tudo que ouvimos, mas tem também o som inconfundível de Aretha Franklin em nossos ouvidos cantando "What a Difference a Day Made". Os dois acordam com alegria em vez de insegurança, em uma versão melhor do mundo porque o dia anterior foi tão receptivo. Não há forma de eles conseguirem articular da mesma forma que Aretha quando diz: *"It's heaven, heaven, heaven / When you find love and romance on the menu"*. Vão escutar agora, vocês a têm ao alcance dos dedos, por menos do que o preço de um chocolate. A letra parece velha, mas a música é eterna: a alegria de descobrir que a pessoa certa na hora certa pode abrir todas as janelas e destrancar todas as portas.

O mundo acorda ao redor de Harry e Craig.

Harry levanta os pés, mexe os dedos e só sente dor e inchaço. Suas costas parecem que estão com uma lixa entre cada par de vértebras. Seu pescoço é um cabide com um elefante pendurado. Seus olhos estão secos, mas o corpo está úmido. Ele ainda sente cheiro de ovo, sente o ovo. Mas talvez seja o cheiro e a sensação de suor depois de 24 horas. Apesar de estar cercado de eletricidade, ele se vê desejando que chova.

Craig tem vontade de escovar os dentes. Ele e Harry fizeram experiências com enxaguante bucal quando estavam treinando, mas nunca deu certo, pois era impossível cuspir e beijar ao mesmo tempo. Normalmente, as fantasias de Craig com Harry são elaboradas: os dois dançando de smoking no meio do terminal da Grand Central, ou passeando de barco em um lago enquanto o mundo ao redor passa instantaneamente de verão para outono, com as árvores todas ganhando cor ao mesmo tempo. Mas agora, a fantasia mais profunda e clara que Craig tem é dos dois sentados. Só isso. Ele e Harry naquelas duas cadeiras logo ali. Sentados. Nem de mãos dadas. Nem se beijando. Só sentados ali, descansando. Sem mais ninguém no mundo. Só os dois sentados.

Nós nos vemos como criaturas marcadas por uma inteligência particular. Mas uma de nossas características mais específicas é a incapacidade de nossa expectativa simular verdadeiramente a experiência que esperamos. Nossa expectativa de alegria nunca é o mesmo do que alegria. Nossa expectativa de dor nunca é o mesmo que dor. Nossa expectativa de desafio não é nem um pouco como a experiência do desafio em si. Se pudéssemos sentir as coisas que tememos antes da hora, ficaríamos traumatizados. Assim, nós nos arriscamos pensando que sabemos como as coisas serão, mas não sabemos nada sobre a verdadeira sensação de cada coisa. Craig e Harry já passaram de qualquer expectativa, de qualquer preparação. Eles precisam inventar cada minuto na hora em que ele chega, e, ao fazer isso, estão sendo criativos. Sim, criativos. Você não precisa escrever ou pintar ou esculpir para ser criativo. Precisa apenas criar. E é isso que Craig e Harry estão fazendo. Eles estão criando um beijo, e também estão criando suas histórias, e, ao criar suas histórias, estão criando suas vidas.

Esse processo pode ser muito doloroso.

Nós, que não podemos mais criar, podemos aguentar horas e dias e meses sem sentir nada. Era de se imaginar que não sentiríamos falta de dor física, considerando toda a dor pela qual passamos. Mas sentimos. Sentimos falta dela. Sentimos falta do preço que pagamos pela vida. Porque era parte da vida.

Craig e Harry estão exaustos a um ponto que conseguimos entender bem. Algumas pessoas podem achá-los tolos de se obrigarem a passar por isso, principalmente se falharem. Mas entendemos a necessidade de insistir além da expectativa, além da preparação. Entendemos o desejo de criar, de pisar em terreno novo. De sentir cada centímetro de espaço que você ocupa no mundo. De suportar.

Por todo o mundo, telas se acendem. Por todo o mundo, palavras são enviadas por fios. Por todo o mundo, imagens são reduzidas a partículas e, momentos depois, são remontadas perfeitamente. Por todo o mundo, as pessoas veem esses dois garotos se beijando e encontram alguma coisa ali.

* * *

Por toda a cidade, garotos e garotas acordam. Por toda a cidade, homens e mulheres se mobilizam. Por toda a cidade, reclamações são feitas e a descrença se alimenta em uma câmara de eco. Por toda a cidade, o café da manhã é servido e o café da manhã é tomado. Por toda a cidade, parece um dia normal, mas também não, se você sabe o que está acontecendo no gramado em frente à escola.

As equipes de filmagem de canais de TV da região começam a chegar.

Logo depois de acordar, Peter liga o computador. É isso que as pessoas fazem agora para organizar o dia: veem as caixas de entrada, leem o noticiário, veem os amigos falando de si mesmos, observam as explosões de 140 caracteres e navegam pelas informações de que precisam. É um mundo muito traiçoeiro que pede constantemente que você comente, mas não liga para o que você tem a dizer. A ilusão de participação pode às vezes levar à participação. Mas frequentemente só leva a mais ilusão disfarçada de realidade.

As manchetes no Yahoo não exigem muito da mente de Peter. As últimas explorações de uma garota rica com programa de televisão próprio, a última pesquisa que mostra que, pela primeira vez, os americanos preferem chocolate amargo a chocolate ao leite. Peter precisa absorver essas palavras antes de descartá-las; há tanta informação tentando entrar na sua mente, tentando se acomodar para que você veja o novo programa, compre o novo chocolate. Ele clica rapidamente na transmissão dos dois garotos se beijando e fica aliviado ao ver que ainda estão lá, ainda estão se beijando. Vinte e duas horas se passaram, e faltam menos de dez agora. Ele passa os olhos pelos comentários e encontra muito encorajamento e alguns opositores, não poucos. Essas palavras estão agora em seu quarto, em sua vida. Como ele pode não levá-las para o lado pessoal? Se você deixa o mundo entrar, abre-se para o mundo. Mesmo o mundo não sabendo que você está lá.

A equipe de filmagem descarrega o equipamento. Os repórteres verificam a maquiagem, preparam a luz. Harry fica um tanto satisfeito com isso; chamar atenção era o objetivo disso tudo, e agora chegou a hora. Craig se sente um pouco incomodado e também um pouco aliviado por não precisar se preocupar mais com os pais vendo sem aviso, botando no canal e encontrando uma coisa inesperada.

As equipes de notícias, três no total, são insistentes. Querem fazer perguntas, querem chegar perto. Os policiais fazem com que fiquem do outro lado da fita de isolamento. Mas, mesmo assim... elas sugam todo o ar do local. São o novo centro de gravidade para os espectadores. Tem pessoas agora que não foram vistas antes, que não se manifestaram antes. Há os amigos de Craig e Harry, sim, mas também pessoas que acham que isso é um crime, que deveria ser impedido, que é uma afronta à escola, à cidade, à sociedade. As câmeras as procuram, e elas se deixam encontrar com satisfação.

* * *

Vocês sempre estão dispostos a transmitir sua imagem. Já se acostumaram com a onipresença das lentes, das câmeras, seja nos bolsos dos seus amigos ou observando vocês de cima de postes de luz. Para nós, estar na mira de uma câmera era uma escolha. Havia um processo longo e complicado para recuperar uma imagem, para tirar do filme e expor em papel. Se transmitíamos nossa imagem, costumava ser apenas para as outras pessoas no aposento. Éramos todos atores, assim como vocês são atores agora. Mas nossa plateia não era grande como a sua. E nossas apresentações, assim como as que acontecem em um palco, eram transitórias, passageiras.

Harry e Craig não sentiram nada quando eram só as câmeras deles que estavam ligadas. Mesmo com dezenas de milhares de pessoas assistindo, eles não sentiram como se houvesse olhos neles, não mais do que o habitual. Havia a percepção de que as pessoas assistindo eram amigos, não estranhos. Mas é diferente quando uma equipe de filmagem aponta a lente. É diferente quando eles conseguem ouvir os repórteres contando a história deles de uma distância jornalística. Eles pensavam neles mesmos como uma causa, mas agora se sentem reduzidos a uma curiosidade. E não podem falar em nome de si mesmos. Não podem dizer nada. Eles precisam continuar se beijando.

Tariq é tímido demais para falar por eles. No fundo de sua mente, ele consegue imaginar todos os homofóbicos violentos anotando seu nome, lembrando-se dele para depois. É o pai de Harry que se aproxima e explica o objetivo deles. É Smita que prepara os trechos de som de apoio.

É o Sr. Bellamy, Tom, que pode estar botando o emprego em risco ao dizer que é professor nesta escola e que apoia cem por cento os garotos. Ele não se identifica como gay, mas também não tenta esconder.

Craig tenta permanecer concentrado no beijo. Quando as distrações só aumentam, é melhor lembrar-se do que você deveria estar fazendo.

A notícia se espalha rápido, nossos pais nos avisavam. É divertido pensar nisso agora. Pensávamos que as notícias viajavam rápido naquela época, mas não fazíamos ideia.

Avery está indo de carro para Kindling de novo. Ryan se ofereceu para ir até Marigold, mas admitiu que teria que pegar o carro de alguém emprestado, pois não tem um. Avery não se importa. Ele gosta de dirigir, gosta da sensação de pegar a estrada.

Em determinado ponto, a música que ele está ouvindo começa a se repetir, mas ele não quer ouvir de novo. Quando ele tira o CD, a rádio entra, uma estação que toca as 40 músicas mais pedidas à tarde e à noite, mas tem falação demais de manhã. Avery normalmente colocaria mais música, mas seu ouvido é atraído pela palavra *gays* e pela forma como ela é dita. Com desdém. *Com desprezo.*

— *É isso que os gays fazem: eles não param por nada de jogar seus hábitos nojentos na nossa cara e depois agem como se estivessem sendo maltratados. Não quero ver isso, e não quero que meus filhos tenham que ver isso.*

O apresentador fala:

— *Então você acha que eles não têm o direito de estar lá?*

— *Acho que os fundadores do nosso país não tinham dois homossexuais em mente quando escreveram a Constituição. É só o que estou dizendo.*

— *E eis nosso próximo ouvinte.*

— *Não entendo por que eles não são presos. Por que a polícia não foi prender os dois? É um lugar público.*

— *Você sabe que a polícia está protegendo os dois garotos...*

— *Bem, a polícia deveria ter vergonha e começar a fazer o trabalho dela.*

— *Concordo com você nisso. Próximo ouvinte.*

— *Acho que o que os garotos estão fazendo é corajoso.*

— *Corajoso? Mandem eles entrarem pro exército se querem ser corajosos.*

— *Estar em público...*

— *Eles deveriam ir pra dentro de um quarto! Próximo ouvinte!*

Avery não sabe de que essas pessoas estão falando, e, como está dirigindo, não pode entrar online para procurar. A sensação que ele tem é estranha e difícil. Ele sabe que aquelas pessoas não estão falando sobre ele. Mas, ao mesmo tempo, elas *estão* falando sobre ele naquelas acusações vazias. E também estão falando sobre nós. Porque muitos deles são da nossa idade ou mais velhos, presos em décadas anteriores de pensamento. Os gays de hoje, os gays de ontem, somos todos o mesmo incômodo, o mesmo erro. Não pessoas, na verdade. Só uma coisa sobre a qual gritar.

— *Se deixarmos isso seguir em frente, o que vem depois? Homens que fazem sexo com cachorros em igrejas? Isso é liberdade de expressão?*

A expressão *julgamento apressado* é tola. Quando se trata de julgamento, a maioria de nós não precisa se apressar. Não precisamos nem sair do sofá. Nosso julgamento é tão fácil de alcançar.

Nenhuma dessas pessoas falando conhece Craig e Harry, nem se importam com quem Craig e Harry são. Assim que você para de falar sobre indivíduos e começa a falar sobre um grupo, seu julgamento tem uma falha. Cometemos esse erro com frequência.

— *Não se pode estabelecer um recorde mundial se são dois homens. Isso não é recorde mundial.*

Avery sabe que deveria colocar música, fazer as vozes desaparecerem. Mas nenhum de nós consegue parar de ouvir. Porque o que é mais hipnotizante do que o som de pessoas odiando você?

Nas partes mais sombrias de nossos corações, nós pensávamos que talvez eles estivessem certos.

Não achamos mais isso.

Cooper também está dirigindo, mas o rádio está desligado. Ele foi acordado por uma batida forte na janela, alguém dizendo que ele precisava sair do estacionamento.

A mente de Cooper está despertando lentamente para uma coisa. As substâncias químicas estão se reunindo, algumas nos lugares errados. Ele deveria estar pensando em roupas, em um banho, em ir para casa. Deveria estar percebendo que seus pais devem estar na igreja esta manhã, dando a ele a oportunidade de entrar e pegar algumas coisas. Deveria estar pensando em um próximo passo. Deveria se importar.

Mas Cooper se sente distante demais para se importar. É como se ele estivesse sentado em um cinema vazio, olhando para uma tela vazia. Seus pais não vão mudar. O mundo não vai mudar. Ele não vai mudar. Então, por que tentar? Ele está cansado demais para lutar contra tudo, cansado demais para entrar em sua própria casa, cansado demais para ligar para algum número de ajuda ou pedir a algum contato para fingir ser seu amigo por uma hora ou duas.

Nós sabemos: uma maneira quase certa de morrer é acreditar que você já está morto. Alguns de nós nunca deixaram de lutar, nunca desistiram. Mas outros, sim. Outros sentiram que a dor tinha ficado grande demais e que não havia mais nada na vida além da luta pela vida, o que não era motivo o suficiente para ficar. Assim, pulamos fora. Desistimos. Mas nossos motivos não são nada que Cooper conheça. Se ele pudesse sair dessa vida por um momento, se pudesse ver da maneira que vemos, saberia que apesar de sentir que está praticamente encerrada, ainda há mil maneiras pelas quais pode ir em frente.

Seus pais ligam de novo, antes de irem para a igreja.

Ele desliga o celular. Mas não consegue jogá-lo fora.

— *Espero que um esteja passando AIDS pro outro* — o ouvinte diz para o apresentador da rádio. — *Espero que, quando estiverem morrendo de AIDS, também mostrem na internet, pra que as crianças saibam o que acontece se você beijar assim.*

O apresentador ri e chama o ouvinte seguinte.

* * *

— Desliguem isso.

Neil entrou na cozinha e não consegue acreditar no que os pais estão escutando, com sua irmã bem ali do lado.

— O quê? — pergunta o pai, erguendo o olhar do jornal de domingo.

Neil vai até lá e desliga o rádio.

— Como vocês podem ouvir isso? Como?

— Não estávamos prestando atenção — diz sua mãe.

— Só estava ligado.

— A mulher disse que quer que pessoas morram de AIDS — relata Miranda, de 11 anos.

O pai de Neil lança um olhar de silêncio para ela. A mãe de Neil suspira.

— Não estávamos prestando atenção — repete ela.

Neil sabe que deveria deixar para lá. Essa casa funciona por uma série de tréguas não ditas, negociadas por instinto mais do que por conversas reais. Neil sempre considerou o fato de ser gay como um segredo aberto para os pais. Eles conheceram Peter, sabem qual é a história, mas ela nunca é dita em voz alta. Neil pode levar sua versão da vida, e os pais podem acreditar na versão deles de bom filho.

Mas *segredo aberto* é uma mentira que gostamos de contar para nós mesmos. É uma mentira que contávamos para nós mesmos com frequência, tanto na doença quanto na saúde. Não funciona, porque se você sente que ainda tem um segredo, não tem como ele ser realmente aberto. Por uma questão de autopreservação, às vezes é melhor omitir alguma coisa, esconder alguma coisa. Mas normalmente chega um momento, e Neil está chegando ao dele agora, em que você não quer que a autopreservação defina quem você é, nem quem sua família é. Tréguas podem impedir batalhas, mas parte de você sempre vai sentir que ainda está em guerra.

Neil devia deixar para lá, mas não deixa. Ele pensa em Craig e Harry se beijando, apesar de não conseguir lembrar os nomes deles. Pensa em Peter e em como os pais dele acolhem Neil, abrem os braços da família para que ele se sinta como integrante. Pensa na irmã ouvindo o papo lixo no rádio e nos pais deixando isso acontecer.

— Como vocês podem não ouvir isso? — ele pergunta à mãe. — Quando uma coisa assim está sendo dita, como vocês podem ficar aí ouvindo?

Neil nunca fala com a mãe assim. Não desde que era pequeno, não desde que foi obrigado a parar, com uma punição atrás da outra.

O pai se intromete, conciliatório. Ele é sempre o policial bom. Neil está cansado dos pais agindo como policiais.

— Não estávamos mesmo prestando atenção. Se estivéssemos, teríamos desligado. Estávamos ouvindo o noticiário antes e deixamos ligado.

— Quando alguém fala assim, vocês *deviam* ouvir! — diz Neil, erguendo a voz.

Sua mãe olha para ele como se ele fosse um empregado incompetente.

— Por que deveríamos ouvir?

— *Porque vocês têm um filho gay.*

O queixo de Miranda cai de uma forma teatral. Para ela, essa é a conversa familiar mais interessante que já aconteceu. Neil não poderia tê-los chocado mais se tivesse usado um palavrão.

Ele quebrou a trégua.

— Neil... — começa o pai, com um tom meio de aviso, meio de solidariedade.

— Não. Se algum babaca estivesse dizendo no rádio que todos os imigrantes deveriam voltar pros seus países, vocês prestariam atenção. Mesmo se não estivessem prestando atenção, ouviriam o que foi dito. Se estivesse dizendo que torcem para que todos os coreanos morram de AIDS, seu sangue ferveria mais e mais a cada palavra. Mas quando é de gays que estão falando, vocês deixam passar. Não se dão ao trabalho de ouvir. É *aceitável* pra vocês. Mesmo que não concordem, e não estou dizendo que vocês querem que eu pegue AIDS ao beijar Peter, vocês aceitam quando outra pessoa diz. Vocês *deixam acontecer.*

Tentamos contar para eles o que estava acontecendo. Tentamos contar que a doença estava se espalhando. Que precisávamos de médicos. Que precisávamos de cientistas. Mais do que tudo, precisávamos de dinheiro, e, para ter dinheiro, precisávamos de atenção. Colocamos nossas vidas nas mãos das pessoas, e, quase sempre, elas olharam para nós sem entender e perguntaram: *Que vidas? Que mãos?*

— Eu sou gay. Sempre fui gay. Sempre serei gay. Vocês precisam entender isso, e precisam entender que não somos uma família de verdade até vocês entenderem isso.

O pai de Neil balança a cabeça.

— É claro que somos uma família! Como você pode dizer que não somos uma família?

— O que deu em você? — pergunta sua mãe. — Sua irmã está bem aqui. Essa não é uma conversa apropriada pra sua irmã.

Apropriada. A palavra é uma gaiola bem disfarçada, usada para capturar a verdade e prender em um aposento em que ninguém entra.

— Ela precisa ouvir isso — diz Neil. — Por que não deveria? Você sabe que eu sou gay, não sabe, Miranda?

— Claro — responde Miranda.

— Então não tem nenhuma grande revelação aqui. Vocês todos sabem que eu sou gay. Vocês todos sabem que eu tenho um namorado.

Mas ele nunca usou essa palavra antes. Sempre foi *Vou até a casa de Peter*. Ou *Vou ao cinema com Peter*. Sua mãe uma vez os viu de mãos dadas quando estavam vendo um filme. Esse é o único motivo pelo qual ele tem certeza de que eles sabem.

— Sim, Neil — diz a Sra. Kim, não se dando ao trabalho de esconder a irritação na voz. Ela pega o jornal de volta. — Agora, se pudermos voltar pra nossa manhã de domingo…

Neil sente que deveria ficar satisfeito com esse breve reconhecimento, deveria aceitar a trégua sendo mais uma vez oferecida. A conversa está claramente encerrada. A mãe recomeçou a ler o jornal, e o pai está dizendo para ele tomar o café da manhã. Percebemos que isso é tudo; a maior parte de nós encontrou a aceitação por meio de passos pequenos como este. Nossas famílias raramente estavam dispostas a dar saltos, ao menos não até o final.

Mas não é suficiente para Neil. Ele sente que, se aceitar a trégua agora, vai demorar meses, talvez até anos para chegar novamente a este ponto.

— Preciso que vocês falem — diz ele. — Preciso ouvir vocês dizendo.

A Sra. Kim larga o jornal e bate na mesa.

— O quê? Um pedido de desculpas? Por não desligarmos o rádio quando um idiota falou uma coisa idiota? Você está agindo como um bebê.

— Não. — Neil tenta manter a voz sob controle. — Não preciso ouvir vocês pedirem desculpas. Preciso ouvir vocês dizerem que eu sou gay.

A mãe de Neil grunhe e olha para o pai. *Lide você com isso.*

— Neil — diz ele —, está tudo bem? Por que você está agindo assim?

— Apenas fale. Por favor. Simplesmente fale.

É Miranda quem fala.

— Você é gay — diz ela, completamente séria. — E eu te amo.

Lágrimas surgem nos olhos de Neil.

— Obrigado, Miranda — diz ele.

E olha para os pais.

— Neil... — diz seu pai.

— Por favor.

— Por que isso é tão importante pra você? — pergunta sua mãe. — Por que está fazendo isso?

— Só quero que vocês digam. Só isso.

— Não preciso dizer que você tem cabelo preto, preciso? Não preciso dizer que você é um garoto. Por que deveria ter que dizer isso? Nós sabemos, Neil. É isso que você quer ouvir? Nós sabemos.

— Mas vocês não ligam pras outras coisas, eu ter cabelo preto, ser garoto. Mas ligam pro fato de eu ser gay. E é por isso que preciso que vocês digam.

— Falem logo — diz Miranda.

Falem logo, nós imploramos.

As palavras de Miranda os deixam mais zangados.

— Está vendo o que você está fazendo com sua irmã?

Ela pega o jornal e empurra a cadeira para trás.

Por favor.

Quando a mãe de Neil pegou-o de mãos dadas com Peter, ele ficou aliviado. Aliviado por ser uma prova inegável. Aliviado porque não tinha dito nada.

Mas aí, ela não disse nada. Se Peter não estivesse presente, ele teria pensado que imaginou tudo.

— Você é gay — diz seu pai agora.

— E Peter é meu namorado — diz Neil.

— E Peter é seu namorado.

Miranda estica a mão e segura a do pai. Eles todos olham para a Sra. Kim. Todos nós olhamos para a Sra. Kim.

— Por que isso é tão importante pra você? — pergunta ela.

— Porque você é minha mãe.

Muitos de nós tivemos que fazer nossas próprias famílias. Muitos de nós tivemos que fingir quando estávamos em casa. Muitos de nós tivemos que ir embora de casa. Mas todos nós desejamos que isso não fosse necessário. Cada um de nós desejou que nossas famílias agissem como família, que, mesmo quando encontramos uma nova família, não tivéssemos que deixar a outra para trás. Cada um de nós teria amado ser amado incondicionalmente por nossos pais.

Não o faça deixar vocês, é o que temos vontade de dizer para a Sra. Kim. *Ele não quer deixar vocês.*

Ela realmente não entende a importância de ouvir as palavras em voz alta. Ela realmente não imagina por que é tão importante para Neil ouvir os pais dizerem que ele é gay, dizerem como um fato, reconhecerem com a articulação da voz.

A Sra. Kim fica ali de pé, com o jornal na mão. Fica parada olhando para o filho. Tanto a mãe quanto o filho estão energizados e perdidos na defensiva. Há um tom de súplica no argumento de Neil, uma vulnerabilidade que pode ser facilmente ignorada no calor da batalha. Ele quer uma trégua, quer desesperadamente, mas desta vez nos termos dele, não nos dos pais. A Sra. Kim reconhece isso. Mesmo que a lembrança não ocorra a ela de verdade, ela sente os ecos do momento em que contou à mãe que iniciaria uma nova vida a milhares de quilômetros de distância. Que já tinha tomado a decisão e não havia nada que sua mãe pudesse fazer para impedi-la. Como ela quis que a mãe dissesse *Eu entendo*. Como ela quis que a mãe ficasse do lado dela.

Nos contos de fadas, as mães frequentemente precisam estar mortas. Na mitologia, os pais precisam morrer para que o príncipe se torne rei.

Mas quem quer uma família como as dos contos de fadas, como as da mitologia?

Você é gay. A Sra. Kim consegue ouvir as palavras em sua mente. Consegue ouvi-las claramente. Depois que disse para si mesma, deveria ser mais fácil dizer em voz alta. Mas ainda assim ela hesita, pelo mesmo motivo que Neil precisa tanto ouvir.

Dizer a verdade em voz alta a torna mais real.

Peter é seu namorado.

De alguma forma, esse parece um ponto melhor para começar. Então ela olha para o filho e diz:

— Peter é seu namorado.

Isso bastaria para Neil. Apenas ouvir essas palavras saídas da boca da mãe. Porque as implicações ficam claras, mesmo que não sejam ditas.

Mas não basta para Miranda.

— E? — pergunta ela.

A coisa mais estranha do mundo acontece. A Sra. Kim sorri. A irritação da filha a fez sorrir, e deu a ela o trampolim de que ela precisava para poder mergulhar.

— E — diz ela — Neil é gay. — Ela olha para os três, um de cada vez. — Agora, se isso já estiver resolvido, vou terminar meu jornal na sala.

Não vai haver abraços aqui. Nenhuma lágrima além das de Neil. Nenhuma conversa mais. A não ser que você conte o Sr. Kim falando de novo para o filho tomar café da manhã. A não ser que você conte o sorriso de Miranda quando ele se senta, o orgulho distinto que ela sente dele e de si mesma. A não ser que você conte a forma como as palavras penetram na mente de Neil, a forma como sua vida parece um pouco mais sólida do que era cinco minutos antes, a forma como ele não sente mais uma vontade insuportável de fugir.

Como isso pôde acontecer?, alguns de nossos pais perguntaram perto do final. Sabíamos o que eles estavam realmente perguntando, e alguns de nós tiveram a delicadeza de dizer: *Não foi nada que você tenha feito.*

* * *

Voltamos para o beijo. As pessoas começaram a fazer contagem regressiva dos minutos até que Craig e Harry cheguem à marca das 24 horas.

Nem todas as pessoas estão contando. Há deboche agora; pessoas da cidade e pessoas de outras cidades que vieram protestar, que vieram gritar, que vieram quebrar o encanto que os dois garotos se beijando pode gerar. Algumas fazem um drama dizendo que estão rezando pelas almas de Craig e Harry. Algumas erguem pôsteres rabiscados às pressas: ERA ADÃO E EVA, NÃO ADÃO E IVO, HOMOSSEXUALIDADE É PECADO, NÃO DÁ PRA COMPRAR A SAÍDA DO INFERNO COM UM BEIJO. Algumas levaram os filhos.

A polícia não sabe o que fazer: separar todo mundo em dois grupos ou deixar que se misturem? Basta uma briga com empurrões para que a separação comece. Mas os manifestantes não vão ficar escondidos. Eles querem ficar perto o bastante para serem ouvidos pelas câmeras, pelos garotos.

O grupo ao redor dos garotos se mantém firme. Quando alguém precisa sair, seja para ir para casa ou apenas para ir ao banheiro, outra pessoa toma seu lugar. Eles ficam de costas para os manifestantes, com os olhos em Craig e Harry.

Tariq já está acordado há quase trinta horas. Seu corpo está maltratado pela cafeína e seus olhos estão embaçados de tanto olhar para a tela. As pessoas ficam falando para ele ir para casa, para dormir um pouco, mas ele não quer perder nenhum momento. Se Craig e Harry vão ficar acordados, ele também vai. Por solidariedade.

Ele fica pensando em Walt Whitman, nos dois garotos juntos, abraçados. Pergunta-se o que Whitman acharia de tudo isso. Ele deixou o busto de Whitman na mesa ao lado, observando a cena.

Craig e Harry conseguem ouvir o deboche, a movimentação de antipatia, mas não claramente. Tariq ofereceu fones de ouvido para bloquear tudo, mas eles vão ficar com os autofalantes, vão ficar com a lista de músicas. Ajuda ter palavras às quais se agarrar, um elemento de imprevisibilidade.

O dia está ficando mais quente. Harry faz sinal para que tirem o moletom dele, mas, mesmo depois que fica sem, ainda sente calor. Está suando. Craig também sente o calor subindo da pele de Harry, a umidade da camisa. O que ele não sente é o quanto as pernas de Harry o estão matando. Por mais que se mexa e dê chutinhos, ele não consegue fazer com que fiquem com uma sensação normal. A dor está ficando insuportável, como se alguém estivesse retorcendo todas as veias em cada um dos músculos. Ele tenta pensar em outras coisas, mas a dor é a transmissão mais alta.

Ele é trazido de volta pelo *vinte-dezenove-dezoito* da contagem regressiva. Sente Craig sorrir com os lábios encostados nos dele. *Dezessete-dezesseis-quinze.* As pessoas estão se aproximando para ver. Está ficando cada vez mais quente. *Catorze-treze-doze.* Ele tenta se concentrar. *Onze. Dez. Nove.* Tariq avisa que há mais de 300 mil pessoas assistindo online. *Oito. Sete. Seis.* Uma das redes de notícias os queima com as luzes, quer capturar o momento. *Cinco. Quatro. Três.* Craig está beijando-o agora. Beijando de verdade. Como quando eles estavam juntos. *Dois.* Está tão quente. As luzes são tão fortes. *Um*. Uma onda enorme de comemoração.

Eles conseguiram completar 24 horas. Conseguiram se beijar por um dia.

Em meio à comemoração louca, Harry desmaia.

Exatamente no mesmo momento, Avery encosta em frente à casa de Ryan. Ele já está lá fora esperando e sorri quando o outro chega. Avery estaciona o carro e desliga o motor. Mas, antes que possa sair, Ryan entra.

— Vamos — diz Ryan.

— Posso entrar um segundo? — pergunta Avery. — Preciso fazer xixi.

— Vamos encontrar outro lugar — diz Ryan. — Prometo, não vai demorar.

Avery não quer explicar que é muito mais fácil para ele usar um banheiro particular do que um público. Principalmente em uma cidade como Kindling. Assim, ele sai dirigindo, perguntando-se o tempo todo por que Ryan não o quer dentro de casa.

— Eu tenho um plano — diz Ryan. — Você topa um plano?

Avery assente.

— Tudo bem. Mas primeiro, um banheiro. — Ele diz para Avery virar à esquerda e depois à direita. Eles chegam a uma rua cheia de lojas, e Ryan mostra um McDonald's.

— Serve isso?

Avery estaciona.

— Está com fome?

— Ainda não. A não ser que você esteja. Só achei que você poderia fazer xixi aqui.

Mais uma vez, Avery não quer explicar. Então ele sai do carro e entra. Sente os olhos nele quando vai para o banheiro masculino. As pessoas atrás da bancada olham com raiva porque ele não comprou nada. As pessoas nas mesas olham porque sabem para onde ele vai, sabem o que vai fazer. Ninguém precisa estar observando para que Avery se sinta observado. Ele está quase acostumado, mas nunca vai se acostumar de verdade. A sensação é a de que está invadindo. De que vai ser confrontado. De que o mundo está cheio de pessoas que pensam que *diferente* é sinônimo de *errado*.

Por mais que Avery fique forte, sempre vai existir esse medo subterrâneo, essa vergonha irritante. Temos vontade de sussurrar para ele que a única forma de se libertar da culpa é percebendo o quanto ela é completamente arbitrária, exatamente o que ele dizia um dia antes. *Merda idiota e arbitrária*. Ele precisa levar essas palavras a sério. Há poder em dizer *Eu não estou errado. A sociedade está errada.* Porque não há motivo para homens e mulheres precisarem ter banheiros separados. Não há motivo para precisamos ter vergonha do nosso corpo e nem do nosso amor. Mandam que nos cubramos, que nos escondamos, para que outras pessoas possam ter controle sobre nós, possam nos fazer seguir as regras delas. É uma bastardização do conceito de moralidade, essa regra da vergonha. Avery deveria poder entrar em qualquer banheiro, em qualquer restaurante, sem medo, sem hesitação.

Ele fica aliviado por ser um banheiro individual, por poder trancar a porta e ter privacidade. Fica constrangido por esse alívio, pouco à vontade com o fato de que está tão pouco à vontade. Ryan permanece no carro, alheio. Avery sente inveja disso e também fica irritado.

Quando ele sai, os olhos ainda estão lá, a autopercepção adicional. Avery não deixa que isso mude suas ações, não mais. Mas não pode negar que esteja presente. Sempre está.

Não perdemos o medo até não termos mais nada. Mas ainda sentimos medo por outras pessoas.

Quando Avery volta para o carro, Ryan está trocando mensagens de texto com alguns amigos.

— Todo mundo quer conhecer você — diz Ryan.

Isso enche Avery de outro tipo de ansiedade.

— Todo mundo? — pergunta ele.

— Eu talvez tenha contado pra um ou dois ou sete dos meus amigos sobre você. Eles nos viram dançando naquela noite. Eu tive que atualizar as informações.

Avery liga o carro e pergunta:

— Para onde?

— Você quer conhecer alguns dos meus amigos?

A resposta é sim, e a resposta é não. A resposta é que Avery quer ver mais da vida de Ryan, claro. E a resposta é que ele gosta de serem só os dois por enquanto.

— Talvez mais tarde?

— Ah, definitivamente. Só preciso saber se deixo eles de sobreaviso ou não. Mas temos horas só nossas antes disso.

Avery gosta da ideia. Mas ainda se sente pouco à vontade. Não porque Ryan o fizesse se sentir de um jeito errado. Talvez ele só esteja pouco à vontade porque nada é fácil. Pouco à vontade é um estado natural.

* * *

Cooper está dirigindo por aí para recarregar a bateria do celular. Ele quer voltar para a caça, ver se consegue encontrar alguém melhor do que o cara da noite anterior. Uma última chance. Uma última vez.

Ele volta para o Starbucks e se senta em um canto, para que ninguém consiga ver a tela. Passa pouco de meio-dia em um domingo, mas os sites de sexo estão cheios de gente, cheios de propostas. Ele tem dez mensagens da noite anterior, de pessoas que ele ignorou quando estava conversando com Antimatéria.

Tudo é tão sem graça. Ele sente como se tivesse passado a vida olhando para esses rostos, apesar de só ter esse aplicativo há dois meses.

Caçaboy é quem o tira do sério. Ele já bloqueou esse cara pelo menos dez vezes. Mas o cara simplesmente cria um perfil novo e começa a mandar mensagens de novo. *Você é tão lindo. Você é tão gostoso. Acho que nos divertiríamos muito.* Ele parece trabalhar em um banco. Está com uma foto sem camisa apesar de ser velho demais para ter fotos sem camisa.

Antes, Cooper só apertava a tecla de bloquear. Mas, desta vez, digita uma resposta.

Você é nojento.

Caçaboy responde:

E você gosta?

Cooper não se importa mais. Por que precisa ser educado com gente assim?

Você não passa de um pedófilo desesperado e patético.

Em dez segundos, Caçaboy o bloqueia.

Cooper gosta da sensação. Por isso, continua.

Ele diz para os sujeitos que querem "só masculinos" que eles são tão ruins quanto os homofóbicos que tentam transformar *masculino* em um ideal macho de academia.

Ele diz para os sujeitos que querem "só brancos" que eles são escória racista.

Ele diz para os sujeitos de 60 anos que procuram "menores de 18 anos" que eles são pedófilos.

Ele diz para os caras mais jovens com fotos nuas que eles deveriam parar de se prostituir.

Você é patético, escreve ele.

Você é um desesperado.

Você tem medo de mostrar o rosto? É por isso que mostra o pau?

Seu namorado sabe que você faz isso?

Acho que tem alguma coisa errada com a minha tela. Não consigo identificar se é sua bunda ou sua cara.

Você está procurando diversão? Acha mesmo que vai encontrar aqui?

Todos começam a bloqueá-lo. De repente, eles desaparecem do celular, desaparecem da vida dele. Antimatéria não está online no momento, mas Cooper sente que, se estivesse, acharia rapidamente um jeito de ser bloqueado por ele também.

Tem um cara de 34 anos que diz que *procura um relacionamento duradouro.* Cooper escreve: *Quanto tempo você acha que esses relacionamentos duram? Duas horas? Três? Se você quer um marido, deveria parar de procurar alguém com quem foder.*

Cooper acha que será bloqueado em tempo recorde. Mas o sujeito, cujo apelido é TZ, responde:

Por que você está com tanta raiva?

Cooper responde: *Não estou com raiva. Só estou falando a verdade.*

TZ não acredita. *Quem magoou você?*, pergunta ele. *Quer ajuda?*

Cooper o bloqueia na mesma hora. Não tem como desfazer isso. Pronto.

Ele encontra outro Papai procurando um Filhão, outro Filhão procurando um Papai, e diz para eles que esse não é o jeito de encontrar uma família. Encontra o cara de uma semana antes que sugeriu um encontro no parque. Diz para ele estar lá em 15 minutos. Quando o cara diz que está indo, ele o bloqueia. Que fique sem entender.

Cooper está se divertindo. Porque, toda a vez que ele é bloqueado, um novo rosto aparece. É como uma fonte infinita de descontentamento desesperado. (Sim, tem alguns caras que parecem perfeitamente felizes e têm senso de humor considerando a situação, mas Cooper os ignora.) A cinco quilômetros de distância. Quinze quilômetros. Trinta.

Ele poderia continuar durante horas. Mas o aplicativo já está atrás dele. Deve ter havido reclamações. Porque de repente uma mensagem aparece dizendo que sua conta foi suspensa. Ele está congelado. Bloqueado por mau comportamento. Em um site de sexo.

Tudo bem, pensa ele. Ele apaga a conta. Apaga o aplicativo.

É fácil demais. Ele segue para outro aplicativo e começa a fazer a mesma coisa. É suspenso em questão de minutos. Apaga o perfil.

Ele vai para o Facebook. Em vez dos "amigos", ele decide ir atrás de astros pop e políticos. Publica links de pornografia gay na página do Justin Bieber. Publica links de grupos nazistas na página de um congressista republicano que comparou estupro a tempo ruim. Na página de Taylor Swift, ele coloca um vídeo de uma ovelha sendo decapitada.

Só leva 2 minutos e meio para seu perfil ser apagado. Essa parte de sua vida acabou.

Ele é expulso de todos os sites nos quais criou perfis. É bloqueado em cada um deles. Empilhados, esses bloqueios formam um muro. Com ele de um lado. O resto do mundo do outro. Talvez seja sua barreira mais bem-sucedida.

Ele só precisa de uma hora no Starbucks para abandonar sua vida virtual. Se for honesto, vai admitir que essa é a maior parte de sua vida real também.

Um a um, ele apaga os contatos, até seu celular estar vazio.

O *que sobrou?*, ele pergunta a si mesmo.

A resposta é um satisfatório *nada*.

Craig achava que pelo menos sua mãe iria para a marca de 24 horas. Mas o fato de ela não estar aqui significa que talvez não esteja vendo. Talvez não saiba que completou um dia inteiro. Ou talvez saiba, mas decidiu ficar longe.

Faltando dois minutos, Craig dirige os pensamentos de novo para Harry. Para o Harry suado e grudento. Pela forma como se mexe e fica tenso, Craig sabe que ele está com dor. Mas não vai recuar, e Craig o ama por isso. Ama de verdade. A essa altura, ele nem sabe direito onde termina o corpo de Harry e começa o seu. A essa altura, até suas almas se tornaram um diagrama de Venn, e o espaço sobreposto só aumenta. Esqueçam a união do namoro, a união do sexo. Isso é uma coisa maior. Um pedaço deles parou de estar *junto* e começou a ser *o mesmo*.

A contagem regressiva começa. Craig quer que Harry saiba o que ele está sentindo. Craig quer beijá-lo com intenção. Eles podem estar cansados, eles podem estar com dor, mas ele quer que eles sempre tenham isso. Não importa o que acontecer depois, ele quer que eles estejam juntos nisso. Ele beija Harry enquanto os números diminuem, quando o segundo dia começa. Ele se sente próximo de Harry, mas de repente consegue sentir Harry apagando. Quando a multidão enlouquece, Harry fica flácido. Craig o segura com força, sente as beiradas dos lábios se separando, mas mantém a parte do meio, mantém os lábios unidos mesmo sem Harry reagir. Ele aperta com mais força, e Harry reage. Por puro instinto, começa a virar a cabeça, mas Craig fica em cima dele. As pálpebras de Harry se abrem, e Craig, segurando-o, faz o sinal de água. Harry está quente agora. A plateia não entende; a plateia ainda comemora. Mas Tariq sabe. Smita sabe. Os pais de Harry sabem. Craig consegue ver nos olhos deles, na pressa com que trazem água para Harry.

Harry está de pé de novo agora, fazendo uma careta. Ele bebe um pouco de água pelo canudo enquanto os lábios de Craig selam as bocas dos dois. Mas Harry ainda está com calor demais. Precisa de ar. Ele começa a puxar a camisa, a expor a pele. Mas é uma camiseta. Ele foi burro ao colocar uma camiseta. Então, não tem como tirar.

O Sr. e a Sra. Ramirez estão ao lado dele, fazendo perguntas.

Ele está bem?

Ele faz sinal de sim. Porque sabe o que vai acontecer se fizer sinal de não.

Está com calor?

Sim.

Precisa tirar a camisa?

Sim.

Vai ficar bem sem camisa?

Sim.

A Sra. Ramirez se afasta por um segundo. A plateia agora percebeu que tem alguma coisa acontecendo. A comemoração foi interrompida e o deboche pode ser ouvido por trás.

Alguém está se oferecendo para pegar um ventilador, mas Harry não pode esperar. Sua mãe volta com uma tesoura e pergunta se ele tem certeza.

Sim.

Ela entrega a tesoura e ele começa a cortar desajeitadamente a parte de trás da camiseta. Bem no meio. E, quando ela é dividida, os dois garotos fazem uma coreografia delicada para removê-la. Pela primeira vez em 24 horas, as mãos de Craig precisam ficar inertes ao lado do corpo. Seus lábios são o único ponto de contato. Isso faz Craig se sentir distante, frágil.

Assim que a camiseta é tirada, Harry se sente melhor. O ventilador, quando chega, traz mais alívio.

Craig recoloca as mãos nos ombros de Harry, nas costas. No calor da pele dele, no suor grudento. Harry também passa o braço ao redor de Craig. Ele coloca a mão por baixo da camisa de Craig. Pele na pele. Vertiginoso.

* * *

Por um momento, Tariq achou que estivesse terminado. Enquanto olhava para a tela, ele não ousou respirar. Como se prender a respiração pudesse impedir os lábios de Harry de se soltarem dos de Craig. Mas sentimos essa ligação o tempo todo, não sentimos? Nossos corpos não precisam estar se tocando para estarem ligados um ao outro. Nossos corações disparam sem contato. Nossa respiração fica presa até a ameaça sumir.

— O que foi?

Neil entra no quarto de Peter e vê uma expressão de profunda preocupação no rosto dele.

Peter faz um gesto na direção da tela.

— Pareceu por um segundo que Harry ia desmaiar. Agora, estão cortando a camiseta dele.

— Quem é Harry?

— Do beijo. — Peter aponta agora para um dos garotos na tela. — Harry. Você não estava assistindo?

— Eu estava fazendo outras coisas.

— Ah, está ficando bem intenso.

Neil sabe que este é o momento para contar a Peter o que aconteceu com sua família, como as coisas parecem um pouco diferentes agora. Mas Peter está concentrado demais nos garotos na tela, não está perguntando como foi sua manhã. E Neil ainda está avaliando sua reação; ele não quer a visão de Peter sobre a situação até ter sua própria. Ou pelo menos é o que diz a si mesmo, para justificar seu silêncio. A verdade é que Peter vai entender, mas só até certo ponto. Peter nunca precisou ter uma conversa dessas com os pais. Peter nunca se sentiu um invasor na própria casa. Ele pode dizer que houve momentos assim. Mas não aconteceu, na verdade. Não do ponto de vista de Neil.

— Parece que ele está se recuperando — diz Peter. — Já se passaram 24 horas. Só faltam mais oito.

Neil chega mais perto. Ele está olhando para o beijo, sim. Mas seu olhar segue naturalmente para o tórax de Harry.

Em 1992, quando mais de 200 mil de nós foram infectados e mais de 10 mil morreram, a Calvin Klein lançou uma nova campanha publicitária com um rapper branco chamado Marky Mark. Se você é jovem e é homem, a maioria das concepções que tem do seu ideal de corpo aponta para aquelas propagandas. Todos os modelos da Hollister que chamam sua atenção, cada voz em sua cabeça que diz que o abdômen precisa de "definição", cada grama do mito da Abercrombie estão diretamente ligados a Marky Mark. Quer você siga esses ideais ou os rejeite, eles são o padrão não realista que você precisa encarar. É o que está sendo vendido para você.

O tórax de Harry não é assim. Tem a ousadia de ser um corpo comum ao ser transmitido em meio a todos os ideais. Ele não é gordo e nem magro. Tem uma fileira de pelos que segue do peito até a calça jeans. A barriga não é reta. Você não consegue ver o abdômen.

Em outras palavras, ele nos lembra do jeito que éramos quando adolescentes, do jeito que éramos antes do mundo se estabelecer.

Por que Marky Mark está sorrindo naquelas propagandas? Não é só por ter um corpo perfeito. Não, é como se ele soubesse que em pouco tempo nossos corpos serão divulgados. Em pouco tempo, nossas imagens vão entrar na rede. Todos vão querer se parecer com ele porque vão se sentir observados o tempo todo.

É claro que Harry sabe que está sendo observado. Mas sua aparência é a coisa mais distante de sua mente. Quando seu corpo começa a se virar contra você, quando o valor superficial da pele não é nada em comparação aos fogos de artifício de dor em seus músculos e em seus ossos, a suposta verdade da beleza desmorona, porque há preocupações mais importantes das quais cuidar.

Acreditem em nós. Sabemos disso.

Avery se pergunta por que Ryan está olhando para ele com o canto do olho, por que Ryan prefere olhar para ele em vez de para a rua. Mesmo quando os amigos olham para Avery, uma pequena parte dele ainda tem medo de eles estarem procurando defeitos, irregularidades. Nisso, Avery não é muito diferente de ninguém. Todos temos medo de *olhar* ser o mesmo que *procurar*.

Chega uma hora em que Avery não aguenta mais. O olhar. Em seguida, um sorriso de compreensão. E outro olhar.

— O quê? — pergunta ele.

Isso só faz Ryan sorrir mais.

— Me desculpe — diz ele. — É que não costumo gostar de pessoas. Então, quando eu gosto, parte de mim acha divertido e a outra parte se recusa a acreditar que está acontecendo.

Talvez seja por isso que nós gostamos tanto de observar vocês. Tudo ainda é novo para vocês. Já passamos por toda a experiência, apesar de testemunharmos coisas novas o tempo todo. Mas vocês. Novidade não é só um fato. Novidade pode ser uma emoção.

— O que estamos fazendo? — pergunta Avery.

Não é para ser uma pergunta existencial. Ele só quer saber o que eles vão fazer em seguida.

— Achei que começaríamos com panquecas. Você quer panquecas?

— É difícil imaginar uma situação em que alguém diria não para panquecas.

Eles vão para uma lanchonete, então. Como é uma cidade pequena, Avery repara que Ryan presta atenção para ver quem está lá dentro antes de escolher uma mesa.

— Procurando alguém em particular?

Ryan sorri de novo.

— Não. É só hábito, eu acho.

— Quantas pessoas têm na sua escola?

— Umas duzentas. Na sua?

— Oitenta.

— Você deve chamar a atenção. Com o cabelo rosa e tudo.

— Aposto que você se mistura com todo mundo super bem.

— Tentar me misturar seria como ser colocado em um liquidificador. Eu me abstenho.

Avery acha isso engraçado.

— O que você acabou de dizer?

— Eu disse: "Eu me abstenho".

— É isso que você diz quando os garotos populares tentam te convencer a andar com eles? "Me desculpem, mas me abstenho de me misturar. Há vantagens demais em ser invisível."

— Isso. É exatamente o que eu digo. Mas eles param? Não. Os garotos populares ficam me perturbando. Me ligando. Mandando mensagens de texto. Aparecendo na minha porta. Implorando como cachorros. Fico constrangido por eles.

— Sei *exatamente* o que você sente.

Para enfatizar o que disse, Avery aperta a mão de Ryan. É uma desculpa tão escancarada para tocar nele, e os dois sorriem em reconhecimento disso.

— Parte de você acha divertido — diz Avery. — E parte de você não acredita que está acontecendo.

Ryan assente.

— E no Pancake Century Diner, dentre tantos lugares.

— Bem — diz Avery —, *estamos* no Pancake Century, afinal.

A garçonete vai anotar os pedidos. Os dois pensam em afastar a mão, mas nenhum dos dois afasta.

* * *

Craig pensa em panquecas. Pensa em maple syrup quente e mirtilos e na manteiga derretendo. Pensa no sabor de defumado do bacon na língua. Um copo de suco de laranja gelado. Ele tenta sentir o gosto, mas o gosto é fugidio quando se trata de lembranças. Assim, ele precisa usar a lembrança da aparência. Do cheiro. Do quanto essas coisas o deixam feliz.

Ele se concentra de novo em Harry. Harry, que está se distanciando. Craig se sente péssimo pelo que pensa, mas o pensamento está presente: se eles não conseguirem agora, provavelmente vai ser por causa de Harry. Craig mandou uma mensagem de texto por cima do ombro e perguntou se ele estava bem, e Harry fica dizendo que está, fica dizendo que, agora que está mais fresco, está de volta ao ritmo. Mas Craig consegue sentir a mentira pelo corpo de Harry, consegue sentir os músculos tensos, consegue reparar em todos os pequenos movimentos que Harry faz para se manter ereto, para se obrigar a seguir em frente.

E eu nunca fui o mais forte. Craig se permite dizer isso, mesmo que apenas para si mesmo. Durante todo o tempo de relacionamento, era Harry quem estava no comando, Harry quem dava as instruções. Não por Harry ser mais inteligente e nem melhor do que Craig nesse tipo de coisa; só era mais importante para ele estar no controle. E Craig não se importava, então abria mão. Ele gostava de não ser responsável o tempo todo.

Complacência. Craig percebe agora que isso era complacência. Um dos motivos de ele gostar do som da voz de Harry era porque significava que ele não precisava usar a dele. Mas essa estratégia acabou se voltando contra ele. Harry acabou percebendo o que estava acontecendo e não se sentiu bem. Ele queria que Craig lutasse um pouco mais, mas quando Craig começou a lutar para que eles ficassem juntos, já tinha perdido.

Agora, ele está lutando por uma coisa diferente, uma coisa que parece mais primordial. Ele está lutando para ficar de pé. Está lutando para seguir sem comida, sem banheiro. Está lutando para manter os lábios nos de Harry por mais sete horas. E está lutando para ajudar Harry a fazer todas essas coisas bem.

É um dos segredos da força: temos muito mais chance de encontrá-la no serviço aos outros do que no serviço a nós mesmos. Não temos ideia de por que é assim. Não é só a mãe que levanta o carro para libertar o filho, nem o cara que protege a namorada quando o atirador começa a disparar. Esses são extremos, extremos de coragem, que a vida raramente oferece a nós. Não, é a força menos extrema, uma força que não é tanto situacional, mas constitucional, que encontramos para poder dar. Com que frequência vimos isso quando estávamos morrendo? Quantos amantes delicados viraram cães ferozes ao cuidarem de nós? Quantos pais reticentes deixaram a reticência para trás a fim de ficar conosco? Nem todos. Sem dúvida, nem todo mundo demonstrou força. Algumas pessoas supostamente fortes da nossa vida mostraram que a força delas era na verdade feita de palha. Mas tantas nos sustentaram de formas que não sustentariam a si mesmas. Elas nos ajudaram a aguentar, mesmo com o mundo delas escorrendo por entre os dedos. Continuaram lutando, mesmo depois de nossa morte. Ou especialmente por causa da nossa morte. Elas continuam lutando por nós.

Nós morremos, e talvez nosso espírito também não exista mais quando as pessoas que nos conheciam deixem de pensar em nós com tanta frequência ou se juntem a nós. Mas o espírito dessa força continua existindo. Está lá, para quem quiser. Vocês só precisam esticar a mão para encontrá-la, como Craig está fazendo agora. Ele jamais faria isso por si mesmo, não desta forma. Mas, por Harry, ele faz.

Enquanto isso, Cooper se recusa a entender. Recusa-se a se segurar. Recusa-se a sentir.

Nós o vemos deixando tudo de lado, mas não vamos deixá-lo de lado.

Ele está dirigindo sem perceber que está dirigindo. Ele sabe que há um destino para ele e segue na direção desse destino. Enquanto isso, está fazendo uma avaliação vazia das pessoas que o amam. Ele não tem medo de magoar ninguém porque acha que ninguém liga o bastante para ele a ponto de ficar magoado. Claro, as pessoas vão fazer o que se espera. Vão chorar quando ele for embora. Mas, por baixo da exibição de tristeza, ele sente o alívio delas. Elas não querem que ele volte, então ele não vai voltar.

Ele pensa que o amor é uma mentira que as pessoas contam umas para as outras para tornar o mundo suportável. Ele não quer mais saber dessa mentira. E ninguém vai mentir para ele assim. Ele não vale nem uma mentira.

Queremos que ele avalie o futuro. Queremos que ele considere que o amor torna, sim, o mundo mais suportável, mas que isso não o torna uma mentira. Queremos que ele veja a ocasião em que vai sentir o amor de verdade pela primeira vez. Mas o futuro é uma coisa que ele não está mais considerando.

Na mente dele, o futuro é uma teoria que já foi provada como sendo falsa.

Que palavra poderosa, *futuro*. De todas as abstrações que podemos articular, de todos os conceitos que temos e os outros animais não têm, como é extraordinária a capacidade de ver um tempo que nunca foi vivenciado. E como é trágico não acreditar nele. O quanto nos irrita, por termos um futuro tão limitado, ver uma pessoa deixá-lo de lado como se não tivesse importância, quando ele tem a capacidade infinita de ser importante e um número infinito de significados que podem ser encontrados ao longo dele.

Cante conosco o velho refrão.

Pra onde você quer ir?

Não sei; pra onde você quer ir?

O que você quer fazer?

Não sei: o que você quer fazer?

* * *

A transmissão dos dois garotos se beijando fica passando ao fundo enquanto Neil e Peter jogam videogame no quarto de Neil. Peter sente que tem alguma coisa estranha com Neil; ele não parece concentrado, e é o jogo que ele pegou alguns dias antes, desesperado para chegar ao nível 32 até o final da semana. Peter está com medo de ainda ser por causa da mensagem de texto idiota que ele recebeu de Simon, ou por causa de alguma outra coisa relacionada a eles. Por isso, não diz nada; sabe que Neil vai tocar no assunto quando estiver pronto.

Por sua vez, Neil não entende por que não está conversando com Peter, por que está matando assassinos russos em vez de contando para o namorado que seu mundo mudou. Ele está esperando que o namorado pergunte o que aconteceu, pois acha que está claro que alguma coisa aconteceu, e por que tem que ser sempre ele a falar?

Peter faz uma pausa no jogo.

— Você está com fome? — pergunta ele.

— Não muita — responde Neil.

— Sede?

— Não.

— Quer fazer outra coisa?

— *Você* quer fazer outra coisa?

— Está com dores de prisão de ventre?

Neil não está com humor para isso.

— Não.

— Grávido?

— Não.

— De saco cheio do jogo?

— Que jogo?

— O que você está jogando.

— Que jogo estou jogando?

— O na tela agora. *Banho de Sangue nos Balcãs 12*.

— Ah. Não. Está bom.

É agora que Peter deveria falar. *O que está acontecendo?* Mas o que ele faz é recomeçar o jogo.

— Se você está bem — diz ele —, eu estou bem.

Eles continuam a jogar.

Ryan não precisou passar muito tempo pensando em onde levaria Avery depois porque eles já estavam ficando sem lugares legais em Kindling para ir. Se não forem para o rio, nem para a casa de tia Caitlin e nem para o Pancake Century Diner, há bem poucos lugares que valem a pena serem explorados. O Kindling Café é um dos que sobraram, mas é lá que todo mundo está. Ele quer que Avery conheça seus amigos, mas não ainda. Ainda quer ficar sozinho com ele, sem ninguém olhando, sem ninguém reparando. Este é o relacionamento de Ryan com essa cidade: ele não quer deixar marcas, e quer que Kindling deixe o mínimo de marcas possível nele. Sabe que foi definido por essa cidade. E, é claro, quanto mais ele tentou resistir a essa definição, mais o definiram. Mas isso, essa vez com Avery, precisa existir fora da definição. Ou, pelo menos, ele e Avery precisam ter a chance de se definirem sozinhos.

Assim, ele dá instruções para Avery dirigir até o Mr. Footer's, um minigolfe antigo. Está fechado há anos, mas ninguém comprou o terreno, então ele fica em um estado abandonado, quase apocalíptico em ruínas. O portão tem cadeado, mas as partes dele estão gastas e facilitam a passagem. À noite, é frequentado por drogados, mas durante o dia é silencioso como um cemitério.

— Para onde exatamente você está me levando? — pergunta Avery.

Ryan tem um vislumbre do local pelos olhos dele e percebe que talvez seja um erro. Mas não quer voltar atrás agora.

Ele diz para Avery parar em frente.

— Quando eu era pequeno — explica —, este era o melhor lugar por aqui. Se você fosse bonzinho e fizesse suas tarefas, sua mãe e seu pai te trariam aqui. Você jogaria minigolfe o máximo que pudesse e tomaria sorvete e jogaria videogame naquela casinha ali depois.

Avery observa tudo.

— E o que aconteceu?

Ryan dá de ombros.

— Um dia estava aqui, e no dia seguinte havia uma placa dizendo que tinha fechado. E está assim desde esse dia, abandonado.

— E você vem aqui com frequência?

— Só com pessoas *especiais*.

— Ah, nossa. Estou lisonjeado — diz Avery.

Mas, de certa forma, ele *está* lisonjeado. Se Ryan tivesse ido de carro até Marigold, Avery seria obrigado a levá-lo ao T.G.I. Friday's ou ao cinema. O lugar onde eles estão não é assim.

— Vamos — diz Ryan.

Eles saem do carro e passam por uma abertura no portão. Lá dentro, tudo está quebrado. Há moinhos derrubados, fossos fétidos, garrafas quebradas e latas amassadas.

— Quer jogar? — pergunta Avery.

Ryan olha para a cobertura verde rasgada. Para os buracos cheios de guimbas de cigarro.

— Não sei se é uma boa ideia — diz ele. — Não tem mais tacos. Nem bolas de golfe.

— E daí?

— E daí... que é difícil jogar minigolfe sem essas coisas.

— Use a imaginação — diz Avery, então anda até a base da primeira estação e bate em uma bola invisível. — Essa é a pista de minigolfe mais incrível que já criaram. Por exemplo, este buraco é vigiado por jacarés vivos. Se eles engolirem sua bola, você perde três pontos. Se engolirem você, perde cinco.

Avery dá uma tacada exagerada com um taco inexistente e faz o gesto de ver a bola subir no céu e cair na cobertura verde.

— Vamosvamosvamos — murmura ele. Depois, suspira. — Nenhum buraco, mas pelo menos desviei dos jacarés. Sua vez.

Ryan anda até lá e coloca sua bola invisível no lugar.

— Espero que você não se importe de eu ter pegado a rosa — diz ele.

— Não me importo nadinha.

Ryan bate na bola. Os dois a observam subir e descer.

— Não foi ruim — diz Avery.

— Pelo menos, não acertei o jacaré.

Ryan pensa que Avery vai parar aí, que vai querer ir embora desse lugar abandonado. Mas ele segue para onde sua bola está e dá uma tacadinha de leve, depois sai da frente para Ryan fazer o mesmo. Ryan o imita, mas erra a tacada. Acerta a segunda.

Avery faz um gesto de recolher as bolas de golfe e anda até o próximo buraco.

— Sua vez — diz ele. — Qual é a história?

A história que Ryan conta é que a estação é cortada por riachos de chocolate; se sua bola cai dentro, fica mais gostosa, mas também deixa seu progresso mais lento. E, na verdade, a bola de golfe não é mais uma bola. É uma bala do tamanho de uma bola de golfe.

A história que Ryan *sente* é uma coisa diferente. A história que Ryan sente é a que está sendo escrita a cada minuto, essa história confusa e deliciosa dos dois se divertindo no que agora parece um lugar incrivelmente horroroso. Ele sempre gostou da aparência de abandono, mas isso era quando ele se sentia bastante abandonado também. Nos últimos dois anos, houve uma certa catarse em ver sua infância tão visivelmente destruída, como se houvesse alguma confirmação aqui de como devia ser a sensação de crescer.

Mas, com Avery, um pouco daquela sensação antiga de maravilha volta. Ryan entra na brincadeira, e é um alívio estar brincando. No quinto buraco, eles nem estão mais fingindo jogar golfe; apenas descrevem todas as coisas que não estão vendo. Avery erige o Taj Mahal no buraco cinco, e Ryan cria o primeiro minigolfe antigravidade do mundo no buraco seis. No sete, eles começam a andar de mãos dadas, observadores de uma paisagem imaginária. Em vez de darem as mãos solenemente, eles as balançam para a frente e para trás, se afastam e se puxam para perto um do outro. O sol não está brilhando, mas eles não reparam. Se alguém perguntasse depois, eles jurariam que estava.

A coisa não é tão simples como se Ryan olhasse para Avery e tivesse a sensação de que eles se conhecem desde sempre. Na verdade, a sensação é totalmente oposta a essa. Ryan sente que está começando a conhecer Avery e que começar a conhecer Avery não vai ser como começar a conhecer nenhuma outra pessoa que ele já tenha conhecido.

Há um poço dos desejos no meio do buraco número nove. Esse não é imaginário, ele está bem ali, praticamente intacto desde seus dias de glória. Avery enfia a mão no bolso e tira um centavo.

— Não — Ryan diz de repente. — Não faça isso.

Avery olha para ele sem entender.

— Não faça isso?

— Joguei moedas nesse poço minha vida toda. E nenhum dos meus desejos virou realidade.

Quando criança, ele desejava dinheiro, fama, brinquedos ou amigos. Desejos mais recentes foram de várias outras coisas, todas elas sinônimas de amor ou fuga.

Ele tem medo de ter estragado a brincadeira por ficar tão sério de repente. Esse sempre foi seu problema, essa incapacidade de viver em mundos falsos por muito tempo.

Avery não pergunta o que ele desejou. Não precisa perguntar.

— Aqui — diz ele. — Talvez você não tenha feito certo.

Avery pega a moeda e a leva até os lábios de Ryan. Ele fica parado, sem saber o que está acontecendo. Então, Avery se inclina e dá um beijo nele, de forma que os dois estejam beijando a moeda. Quando se afasta, a moeda cai, e ele a pega no ar.

— Agora, faça um desejo — diz ele.

E Ryan pensa: *Quero ser feliz.*

— Pronto? — pergunta Avery.

Ryan assente, e Avery joga a moeda no poço. Os dois prestam atenção, mas nenhum dos dois ouve a moeda cair. Avery se volta para ele, chega perto de novo, e agora eles estão se beijando sem nada entre eles. Com lábios fechados e depois com lábios abertos. Com as mãos vazias e depois com as mãos entrelaçadas.

Depois de um minuto ou dois assim, Avery recua e diz:

— Não chegamos nem na metade!

Eles andam com os dedos ainda entrelaçados até o décimo buraco.

— É uma nuvem — diz Ryan. — Tudo isso é uma nuvem.

Eles ficam tão absortos na discussão sobre jogar golfe nas nuvens que não ouvem os passos, não ouvem as gargalhadas se aproximando. Mas logo as vozes estão altas demais para serem ignoradas.

Ryan se vira e vê quem está chegando.

— O quê? — pergunta Avery.

E Ryan diz:

— Ah, merda.

Harry está chorando. Ele está com tanta dor que começou a chorar. Suas pernas estão com câimbras e sua bexiga parece cheia de pedras, e ele não quer chorar, mas seus olhos choram mesmo assim. Ele perdeu o controle dos olhos. Perdeu o controle de tudo, exceto dos lábios. Todo o controle que ainda resta, ele coloca lá. Mesmo com seu corpo gritando *renda-se*. Mesmo com sua mente dizendo para ele que não tem como isso durar mais cinco horas.

São quatro. Avery não faz ideia de quem são, e nem nós, mas, como nós, Avery tem ideia de onde isso vai dar. São os olhares de desprezo, o gingado no caminhar, o desdém quase aleatório nas gargalhadas. É um tipo particular de babaca, encontrado facilmente em garotos adolescentes que andam em grupos.

— E aí, Ryan? — provoca um deles. — Quem é seu *namorado?*

Ryan solta a mão de Avery.

— O que você quer, Skylar? — pergunta ele.

— Vimos um carro lá fora. O que vocês estão tramando?

Avery vê agora que Skylar e um dos outros caras estão segurando tacos de golfe. Skylar o vê olhando e sorri. Em seguida, vê uma garrafa no chão e gira o taco, derrubando a garrafa na direção de Ryan e Avery. Ryan não se encolhe, mas Avery, sim.

Não precisamos dizer como Skylar é, precisamos? Vocês já devem saber. No grande esquema das coisas, ele é um peão sem poder. Assim, exerce o máximo de poder que consegue em qualquer situação que possa dominar. Ele tenta construir seu autovalor nas costas dos outros, e funciona um pouco, mas nunca o bastante. Não o deixa mais inteligente. Não dá mais futuro a ele. Dá a mesma gratificação imediata que o sexo e as drogas. Ele não odeia

Ryan, não de verdade. Só vê nele uma oportunidade de estar no controle. Principalmente com plateia.

Ryan tenta ficar longe dele; tenta ficar longe de todos eles. Porque sempre tem mais deles, e porque, se ele lutar, vai ter que lutar todos os dias depois disso. Mas, se conseguir evitá-los, vai acabar desaparecendo de vez. Ao menos, é o que ele disse para si mesmo, é o que sempre dissemos para nós mesmos. Não se envolva. Não torne pior. Afaste-se. Não saia correndo, não seja covarde, não deixe que eles vejam seu medo. Afaste-se *andando*.

Se Avery não estivesse aqui, é o que ele estaria fazendo. Diria para eles se divertirem e sairia andando como se estivesse entregando o local para eles. Mas não dá para escapar dessa forma agora. É mais divertido para Skylar atacar com Avery assistindo.

Skylar mira em outra garrafa, e desta vez ela se quebra com o impacto e espalha vidro para todo lado. Os outros garotos acham isso hilário.

Avery consegue perceber que está se recolhendo, entrando em modo de sobrevivência.

— Que porra vocês querem? — pergunta Ryan com desprezo.

— Tão valente! — debocha Skylar.

Ele joga o taco de golfe na cara de Ryan.

Ou, pelo menos, ele faz parecer que vai jogar o taco de golfe na cara de Ryan. No último momento, ele o segura. Mas só depois que Ryan levantou o braço e se encolheu para o golpe que não acontece.

Avery consegue ver a humilhação de Ryan por cair na enganação. Enquanto os garotos gargalham mais, Avery sente vontade de andar até lá e colocar a mão nas costas de Ryan em um gesto reconfortante, sente vontade de dizer para ele que está tudo bem. Mas não pode fazer isso porque não sabe que tipo de reação isso vai gerar. Além do mais, ele não tem certeza se está tudo bem.

O que Avery não sabe é que a humilhação de Ryan não é só pelo momento, mas pelo acúmulo de abuso por parte de Skylar e outros sujeitos como Skylar. Eles invadiram sua vida toda, cuspiram e pisotearam e sabotaram qualquer grau de segurança e conforto que ele conseguiu construir. Essa é a verdadeira tirania, não as provocações e empurrões de fato, mas a exaustão que vem de viver com isso por tanto tempo, tão ininterruptamente.

Sofrer implicância, ser ridicularizados por ser aquilo que não tínhamos nem permissão de ser era uma coisa que nos matava. Tantos de nós ouviram a palavra *gay* pela primeira vez como insulto, abominação. Tantos de nós foram chamados de viados antes mesmo de saber o que significava. Nem todos de nós; alguns escondiam tão profundamente que ninguém conseguia encontrar nossa fraqueza. Alguns de nós faziam bullying para disfarçar o que éramos ou porque odiávamos tanto o que éramos que tínhamos que atacar a mesma característica em outras pessoas. Muitos de nós precisaram sofrer nas mãos de pessoas mais burras e/ou mais cruéis do que nós só porque elas eram maiores, só porque falavam mais alto, só por causa de quem eram os pais ou do time em que eles jogavam, ou porque elas tinham coragem de nos chutar enquanto não tínhamos defesas para retribuir o chute.

Sempre há uma época antes de entrarmos na mira. No caso de Ryan, houve uma época em que ele jogou na Liga Infantil com Skylar. As mães deles até davam carona uma para a outra. Mas essa história não tem importância nenhuma aqui.

— Nós interrompemos a pegação de vocês? — diz Skylar com nojo calculado. — Perdemos o show? — Ele está perto agora, perto demais. Pega o taco de golfe e o usa para empurrar Avery na direção de Ryan. — Não deixem que a gente atrapalhe. Vamos ver o que vocês sabem fazer.

Avery sente os olhos dos caras nele e não faz ideia do que eles veem.

— Vamos lá! — grita um dos caras. — Façam!

Ryan está fervendo de raiva, mas não pode soltar essa raiva e agir. Não até Skylar começar a cutucá-lo com o taco de golfe enquanto faz sons de beijo. É demais. Ryan agarra o taco, tenta puxá-lo das mãos de Skylar. Ele espera que Skylar puxe de volta, mas Skylar surpreende Ryan e empurra. Ryan perde o equilíbrio e cai sentado, esbarrando em Avery. *Aí* Skylar puxa o taco e o tira com facilidade da mão de Ryan.

Todos estão olhando para Ryan no chão, até Avery. Os garotos estão adorando, soltando mil insultos. Mas Skylar fica quieto. Ele deixa que sua satisfação fale por ele. Independentemente do que Ryan faça, Skylar já venceu.

— Você precisa arrumar um namorado novo — diz ele para Avery. — Este está danificado.

— Vai se foder — diz Avery.

Parece bobagem dizer isso. Burrice. Tem que haver alguma coisa melhor para ele dizer, mas isso é tudo que sai.

— Não — diz Skylar. — *Você* vai se foder.

Ryan está se levantando agora. Skylar dá um passo para trás e dá uma tacada em um pedaço de vidro, que bate no tênis de Ryan.

— Deixa pra lá — diz Avery.

— O que, já? — provoca Skylar. — Não foi um show muito bom!

Avery tenta ler a expressão nos olhos de Ryan, mas não consegue. Ele não faz ideia do que Ryan está pensando agora, do que vai fazer. Parece que nenhum deles está aqui, só Ryan e Skylar se encarando.

— Quero ir embora — diz Avery.

Que os garotos botem a culpa nele. Que ele seja o fraco, se isso for tirá-los dali.

— Tudo bem — diz Ryan. Ele fala para Avery, mas não tira os olhos de Skylar. — Foi ótimo ver vocês, garotos.

— É, bicha, foi ótimo te ver também — responde Skylar.

Ryan e Avery começam a se afastar. Os garotos respondem derrubando mais latas e garrafas na direção deles. Ryan não sai correndo. Só segue andando, e Avery acompanha o passo dele. Vidro e alumínio os acertam, voam ao redor deles. Os garotos estão gritando de alegria. Eles seguem os dois por uma distância curta, mas finalmente, no sexto buraco, desistem. Ryan despreza a sensação de gratidão que sente por isso.

Assim que eles saem de perto e rastejam em segurança pela abertura no portão, a rolha salta e libera todas as palavras que Avery estava guardando dentro de si.

— Isso foi apavorante — diz ele. — Mas estamos bem. Estamos todos bem. Aqueles caras são uns babacas. O importante é que estamos bem. Vamos esquecer isso, porque não faz sentido nos preocuparmos agora. Estamos bem, né?

— Me desculpe — diz Ryan —, mas acho que preciso que fiquemos em silêncio por um segundo.

Ele tenta falar delicadamente, tenta deixar claro que não é nada pessoal contra Avery, mas Avery não consegue evitar um sentimento de repreensão.

Skylar estacionou o carro de forma a bloquear o de Avery. E é uma picape, então não dá para Avery bater até sair. Ele precisa fazer uma volta apertada e passar por cima da calçada para sair. O tempo todo, Ryan ferve de raiva.

— Está tudo bem — diz Avery.

— Não, *não* está — corta Ryan.

Avery termina a manobra e sai do estacionamento.

— E agora? — pergunta ele.

Ryan sabe que precisa se distanciar do que acabou de acontecer, precisa sair daquela situação e voltar para o dia que ele e Avery estavam tendo. Mas a ira que sente é vulcânica. Se Avery não estivesse ali, ele estaria voltando para lá com um taco de golfe. Esperaria até eles não estarem olhando e daria uma surra neles. Pelo menos, é o que ele diz para si mesmo. Essas ideias são bem mais claras quando não estão acontecendo de verdade.

— Ryan?

Ryan não ouviu a pergunta e não percebe que Avery precisa saber para onde ir. Ele olha para o relógio e percebe que disse para Alicia que eles passariam lá em 15 minutos.

— Vire à esquerda — diz ele.

Avery quer perguntar mais, mas decide ser paciente. *Bota pra fora*, ele tem vontade de dizer para Ryan. *Diz o que tem pra dizer.*

Mas Ryan ainda não chegou nesse ponto. Ele não consegue dizer em voz alta. E não pode deixar para lá.

* * *

Cooper vai ao McDonald's para comer alguma coisa e percebe que não tem mais tanto dinheiro. Isso deveria incomodá-lo, mas não incomoda. Ele quase nem repara.

O que ele faz é se sentar e comer seu quarteirão com queijo. As pessoas falam e riem e se empurram ao redor, mas ele olha para um espaço que não está ali, com pensamentos tão anônimos quanto seus arredores. Ele termina o sanduíche em seis minutos e fica sentado por mais trinta. Desenvolvendo coisas na mente. Falando consigo mesmo porque não tem mais ninguém com quem falar.

A morte é difícil, e encarar a morte é doloroso. Mas ainda mais dolorosa é a sensação de que ninguém se importa. De não ter um amigo no mundo. Alguns de nós morremos cercados de entes queridos. Alguns de nós tínhamos entes queridos que não conseguiram chegar a tempo, que estavam longe demais ou apenas tinham ido dormir um pouco. Mas também há alguns de nós que podem dizer como é não ter ninguém que você ama, não ter ninguém que ama você. É muito difícil ficar vivo só por você. É muito difícil encarar um dia após o outro sem outro rosto familiar olhando para você. Isso transforma seu coração em um músculo sem propósito.

Quanto menos ligações você tem com o mundo, mais fácil é ir embora.

* * *

Precisamos voltar para Harry e Craig. Precisamos vê-los ali de pé. O dia está ficando mais quente, e, como resultado, os corpos deles parecem emitir mais calor. Vemos a mão de Craig apertar as costas de Harry e nos lembramos da sensação milagrosa da pele. É uma coisa que faz muita falta. Tocar no peito dele e sentir os batimentos cardíacos. Tocar nas costas dele e sentir a coluna. Uma respiração nos nossos pescoços. O arrepio de se afastar. A fornalha de se envolver.

Vinte e sete horas e cinco minutos é muito tempo para um beijo. Assim como vinte e sete horas e seis minutos. Harry e Craig estão cientes de tudo que se passa ao redor deles. O mar de rostos fica se alterando, se atualizando. A trilha sonora segue de música em música. Mykal se transformou em animador de torcida voluntário; se os apoiadores ficam quietos demais, ele os agita. Depois do treino de futebol americano, houve uma falação adicional de discórdia; não todos os jogadores, mas alguns. Mas os que discordam logo ficam entediados. Não há muito para se ver quando são dois garotos se beijando. É preciso ter dedicação para ficar.

A percepção de Tariq falha por causa do sono. Ele começa a murmurar Walt Whitman para se manter desperto, para manter os pensamentos em sequência. Smita o escuta e começa a fazer o mesmo. Quando Mykal escuta, ele transforma em cantoria.

Nós dois abraçados, dois garotos!
Um sem nunca deixar o outro!
Desfrutando o poder!
Esticando os cotovelos!

Agarrando com os dedos!
Armados e destemidos!
Comendo!
Bebendo!
Dormindo!
Amando!

Harry e Craig se agarram um ao outro. Cada um deles absorto em seus próprios pensamentos, de sua maneira, se pergunta: *Por quanto tempo é possível se agarrar a um corpo?*

Temos vontade de dizer a eles: *Muito tempo.* Eles são jovens. Não compreendem. É natural um corpo se tornar tão seu quanto o seu. É natural ter essa ligação, essa familiaridade. Somos seres que se regeneram sempre, mas sempre podemos manter a mesma aproximação, e dessa forma podemos ser conhecidos. E abraçados.

Agarre-se ao corpo dele, temos vontade de dizer para os dois. E também: *Agarre-se ao seu.*

Harry tosse. Craig absorve. Ele nem treme.

Neil está sentado ao lado de Peter enquanto ele joga videogame. Peter joga videogame, mas está prestando mais atenção ao fato de estar sentado ao lado de Neil.

Peter não sabe o que dizer, então se aproxima. Só alguns centímetros, mas agora seus ombros se tocam. Agora, eles estão juntos de uma maneira simples.

* * *

Avery fica feliz em conhecer os amigos de Ryan, mas também um pouco perdido. Não que Ryan deixe de apresentá-los, mas, depois que apresenta, parece que ele se exclui da conversa. Sua mente ainda está no minigolfe. Ele ainda está cozinhando sua raiva inútil.

A melhor amiga de Ryan, Alicia, percebe que tem alguma coisa errada. Avery quer dizer para ela: *Não fui eu. Juro que não fui eu.* Mas ela deve sentir isso também, porque é muito receptiva com Avery e tenta contar histórias engraçadas de Ryan quando era menor para fazer com que se sinta menos isolado. Na verdade, dos quatro amigos sentados ao redor da mesa no café, só um deles, Dez, parece estar avaliando Avery demais, tentando entender o que tem debaixo da camisa dele.

Finalmente, Ryan conta para eles o que aconteceu; não todos os detalhes, mas a ideia geral. Avery fica aliviado e acha que isso vai tirar o peso das costas de Ryan, vai fazer com que deixe para trás. Todos são solidários e murmuram uma lista quase infinita de sinônimos da palavra *babaca* para descrever Skylar e os amigos.

Mas não basta para Ryan transformar em história. No final, ele diz:

— Eu devia ter feito alguma coisa. Quebrado o carro dele. Chamado a polícia pra avisar da invasão. Alguma coisa. Acho que ainda não é tarde demais.

— O que você quer dizer com "ainda não é tarde demais"? — pergunta Alicia de uma maneira que Avery sente que não pode imitar.

— Quero dizer que sei muito bem onde ele mora.

Alicia assente. Mas também fala:

— Ryan, entendo que você está furioso. Mas acho que precisa pegar mais leve.

— É fácil pra você falar. Você não estava lá. Certo? — Com isso, ele olha para Avery.

Avery não sabe exatamente o que Ryan está perguntando. A pergunta parece ser se Alicia estava ou não lá, e todos sabem a resposta a isso. Ryan quer alguma coisa mais dele.

— Acho que vocês são companhia muito melhor — diz Avery, ganhando pontos de todos, menos de Ryan.

Vemos o quanto Ryan fica insatisfeito com isso. Com Avery. Com Alicia. Com todos por não compartilharem da raiva dele. Conhecemos esse sentimento muito bem. Houve momentos em que fomos englobados por nossa raiva; não parecia uma coisa que nós criamos, mas uma coisa que existia fora de nós, ao redor, nos envolvendo. Depois de tantos anos negando nossa raiva, negando nossa fúria, sentimos poder por reconhecê-la, por permitir que nos alimentasse, que a domasse e transformasse em ultraje, pegasse aquilo que parecia exterior e afastasse lá de dentro.

Parte da utilidade da raiva é esse reconhecimento, esse controle. Mas a outra parte, a parte que às vezes era mais difícil para nós, principalmente em momentos de dor, é a questão do direcionamento. Isso quer dizer que às vezes a raiva é tão intensa que você a dispara para todos os lados. Mesmo quando, na verdade, só deveria disparar para as pessoas de quem está com raiva, as pessoas que realmente merecem sua ira. Ryan, tão obcecado pelo ódio por Skylar, nem percebe que está deixando que se espalhe para todo lado.

Alicia pergunta a Avery sobre o cabelo rosa e há quanto tempo ele usa assim, depois faz mais perguntas sobre a vida em Marigold. O que ela quer é que Avery vá ao banheiro ou lá para fora fazer uma ligação, para ela poder ficar sozinha com Ryan e lembrá-lo do objetivo desse dia, lembrá-lo o quanto ele estava empolgado quando pediu para ela reunir os amigos para conhecerem esse garoto que surgiu em sua vida. Mas Avery não sai da mesa, e Ryan não ouve o aviso de sua melhor amiga.

— O que você vai fazer agora? — pergunta ela quando a conversa começa a se esgotar.

— Não sei — diz Ryan.

Mas ele consegue ver claramente. Sua mente ainda está manchada com a palavra *vingança*.

Neil sabe o que Peter está fazendo ao se encostar no ombro dele assim. Sabe o que Peter está dizendo. Ele não se afasta. Mas também não conta o que aconteceu, e ainda não entende por quê.

Cooper sai do McDonald's. Volta para o mundo. Espera que a noite caia.

Craig olha para a multidão em busca da família, mas não vê ninguém.

* * *

Harry tenta se concentrar nas mensagens de texto e nos e-mails que chegam, em todas as postagens. Ele quase não tem forças para segurar o celular, mas digita o máximo de respostas que consegue, tentando se perder nas palavras, tentando passar o tempo com as palavras.

O pai de Harry assiste ao filho e sente uma coisa enorme dentro de si. Seu pai jamais teria entendido o que ele estava vendo, o que estava sentindo. Seu pai teria mais do que algumas coisas a dizer sobre isso. Mas seu pai não valia o neto que tinha em vários aspectos, assim como o pai de Harry sente que não vale o filho que tem em vários aspectos. O que ele sente é mais do que orgulho. *Aqui*, pensa ele, *está o significado de tudo.* Bem ali na frente dele. Seu filho.

Tom, de pé ao lado do Sr. Ramirez, deseja que estivéssemos lá para ver.

Estamos bem aqui, dizemos para ele.

Estamos bem

        aqui.

— Tem alguma coisa que você queira fazer? — pergunta Ryan quando eles chegam ao carro de Avery.

Quero voltar atrás, pensa Avery. *Quero as duas últimas horas de volta.*

Craig vê a expressão no rosto de Tariq antes de ver seu celular na mão dele. Nas últimas horas, Craig deixou que Harry mandasse as mensagens de texto, que Harry fosse a pessoa dizendo obrigado aos inexplicáveis milhares que estão assistindo. Mas a expressão de Tariq deixa claro que não é isso. Quem tem outra coisa.

Tariq entrega o celular. É uma mensagem de seu irmão Kevin.

Fomos dar uma volta. Boa sorte.

Sua família não vem.

Sua família. Não. Vem.

Em determinado ponto durante a noite, seu pai deve ter decidido. Só pode ter sido seu pai.

Eles foram embora. Só vão voltar quando acabar.

Craig sente que sua pele foi arrancada por dentro. Sente que todas as pessoas olhando, todas as pessoas podem ver o que acabou de acontecer, podem ver tudo que nunca vai acontecer. Nenhuma reunião. Nenhuma comemoração. Nada.

As lágrimas caem antes mesmo de ele pensar nelas. De todas as coisas que seu corpo está fazendo, essa é a que faz mais sentido. Quando você fica triste, faz sentido o corpo querer que seus olhos se limpem rapidamente.

Harry ainda não sabe o que está acontecendo, apesar de ter a sensação que sabe. Craig faz sinal para Tariq mostrar a mensagem para Harry, e os medos de Harry se confirmam. Agora, Smita e a Sra. Ramirez também se aproximam, ao verem que tem alguma coisa errada.

A multidão grita mais alto, fala os nomes dos garotos. São centenas de vozes gritando o nome que os pais de Craig deram a ele. Parece tão sem sentido.

Alguma coisa toma conta de Tariq. Ele não consegue se impedir. Ele diz para Rachel tomar conta dos computadores, da transmissão, e corre pela multidão. É a primeira vez que ele se afasta de Craig e Harry, é a primeira vez que faz uma pausa, e ele não sabe de onde vem a energia, mas quando passa pela confusão de gente, corre como um medalhista de ouro pela cidade. Sua respiração está pesada, e todos os seus ferimentos antigos parecem estar quase se abrindo, mas ele segue em frente, força-se a continuar até estar na rua de Craig, na calçada de Craig, na porta de Craig. Em seguida, está batendo na porta, batendo com força, gritando para que eles saiam, gritando que sabe que eles estão lá dentro, implorando para que estejam, para que vão com ele, para que não sejam tão burros, para que não cometam esse erro.

— *Ele precisa de vocês* — diz ele. — *Ele precisa de vocês* — repete ele sem parar, até sua mão ficar cansada de bater e seus pulmões ficarem cansados de gritar.

A casa estala, como se contando para Tariq sobre seu abandono. O sol pisca por trás de uma nuvem. Não há nenhuma palavra de resposta porque não tem ninguém por perto para elaborar uma.

Tariq não chora. Não incomoda mais a casa. Ele queria ser quem transforma a coisa errada em certa, como tantos de nós queremos. O fato de ter falhado quase não tem importância. No meio de toda a confusão, quando acabar tudo, ele provavelmente vai se esquecer de contar para Craig que tentou isso, que fez isso.

Dizemos para ele que foi uma boa tentativa. Quando ele sai andando de volta para a escola, tentamos andar ao lado dele. Queremos que ele sinta que tem companhia.

Craig percebe o quanto os estava esperando agora que não está esperando mais.

Ele também fica surpreso ao ver que a ausência não vai fazer com que se afogue.

Harry está tentando dar apoio a Craig. Tentando tanto. Quando parece que não dá para haver nada de novo a se dizer no beijo, ele tenta dizer isso. E Craig escuta. Craig começa a desenhar alguma coisa nas costas dele. Primeiro, Harry pensa que é um P, ou um *e* em caixa baixa. Mas Craig faz uma curva: um coração.

Harry responde com um ponto de exclamação.

— Você não está sozinho — diz ele, com a boca ainda na de Craig.

— O quê? — Craig pergunta.

— Você não está sozinho — repete Harry.

E, desta vez, Craig escuta.

Neil sai do lado de Peter e anda até o computador. Os dois garotos ainda estão lá se beijando. Neil se inclina, tenta imaginar o que estão pensando. Ele coloca a imagem em tela cheia, mas isso só os deixa mais embaçados.

— Devíamos ir pra lá — ele se vê dizendo. — Você acha que sua mãe nos dá uma carona?

— Eu só quero passar por lá de carro — diz Ryan. — Só pra ver se eles ainda estão lá.

Avery quer recusar. Mas acaba concordando silenciosamente quando Ryan o manda virar para a esquerda, virar para a direita.

Ali está de novo. O minigolfe abandonado.

A picape foi embora.

Avery não consegue identificar se Ryan fica decepcionado ou aliviado. Talvez as duas coisas.

— Acho que sei onde eles podem estar — diz ele.

Ele diz para Avery sair e virar à esquerda.

Avery passa por dois sinais verdes. Quando um sinal vermelho os faz parar no terceiro cruzamento e Ryan diz para ele virar à esquerda de novo, Avery decide que não vai ceder e nem desistir. Ele vai dar a Ryan uma última chance.

Ryan fica confuso quando Avery muda de pista e vira à direita. Mais ainda quando Avery para no estacionamento de um escritório de advocacia.

— O que você está fazendo? — pergunta ele a Avery.

E Avery diz:

— Você está estragando tudo. Precisa parar agora, antes que estrague tudo completamente.

* * *

Cooper pega a estrada. Ele vai embora da cidade de vez. Nem pensa duas vezes. Acha que ninguém lá merece uma despedida.

Só faltam duas horas.

Mais equipes de filmagem, mais manifestantes. Mais calor, mais barulho.

Mesmo com todas as doses de cafeína, Craig quer tanto dormir quanto quer se sentar. Ele tenta manter a mente longe das perguntas ruins, mas, a essa altura, ele está um tanto indefeso contra elas. Todos os motivos não ditos e até não reconhecidos para fazer isso estão desaparecendo. Ele não pensou que isso reuniria sua família ao redor dele? Ele não pensou que eles sentiriam orgulho? E Smita não estava certa, ele não pensou que isso traria Harry de volta, os tornaria um casal de novo? E o que aconteceu com Tariq; ele achou mesmo que isso de alguma forma corrigiria aquilo, impediria que esse tipo de coisa voltasse a acontecer? Será que não está tornando tudo pior, dando um motivo para as equipes de filmagem venderem o ódio do outro lado nas transmissões?

Por que você está fazendo isso?, ele se pergunta, e, com todas as outras respostas sumindo, ele não sabe bem o que sobra. Poderíamos dizer para ele, mas ele precisa descobrir sozinho. Sabemos disso. É impossível para nós armá-lo contra o desespero. Ele precisa se armar sozinho.

Harry está com tanto calor. Ele toda hora faz o sinal A de água, e já bebeu uma quantidade enorme. (Na verdade, foi só meia garrafa.) E agora, precisa muito urinar. Mas todas essas pessoas estão olhando. Tem toda essa gente aqui. Ele não consegue imaginar fazer xixi na frente delas. É a maior timidez do mundo. Ele tenta segurar. É doloroso.

A polícia está bloqueando a rua agora. A força toda está presente, mas eles nem são tantos assim. Não dá para revistar todos que chegam. Qualquer idiota poderia trazer uma arma. Qualquer um que quisesse impedir o beijo.

A maioria das pessoas que chegam a essa altura é como os dois que saem do carro da mãe de Peter. Apesar de não haver falta de manifestantes, a maioria das pessoas que migram para cá faz isso por sentir alguma ligação com o beijo. Com suas ações, Harry e Craig estão dizendo o que querem dizer. Por isso, as pessoas sobem em ônibus, entram em carros. Vão para a estação de trem de Millburn, onde uma senhora solícita ensina como caminhar até a escola de ensino médio, e para eles não confundirem com a escola de ensino fundamental II, que é bem mais perto. Agora que faltam menos de duas horas, há uma empolgação vibrando pelo gramado quando Peter e Neil chegam.

Eles ficam atônitos em ver tanta gente, de ver o muro de amigos que protege Craig e Harry dos manifestantes, de qualquer ameaça que possa surgir. Na confusão, Craig e Harry são apenas dois corpos curvados formando um A. Eles são o centro firme de uma comemoração mais selvagem, a primeira onda, e a mais tensa.

Peter e Neil fazem uma pausa na extremidade da multidão para verificar o local. Pelo menos, esse é o motivo da pausa de Peter, para ter ideia de onde está todo mundo e para ver se conhece alguém ali. Neil faz a pausa para olhar para Peter, para olhar para ele de verdade e se perguntar o que quer. Ele sabe que ama Peter e também sabe que não tem certeza do que isso quer dizer. Não há mais ninguém no mundo que ele queira beijar e nem com quem ele queira transar e nem com quem queira compartilhar a vida. Ele se pergunta por que então uma parte dele ainda se sente vazia. Por que, ano após ano, ela ainda não está completa?

Ele está quase lá, conseguimos perceber. Está quase descobrindo a duríssima verdade, de que ela jamais ficará completa, nem ele se sentirá completo. Isso costuma ser uma coisa que só é preciso aprender uma vez, que, assim como não existe "para sempre", também não existe o total. Quando se está vivendo as emoções do primeiro amor, essa descoberta parece uma interrupção do impulso, a destruição das promessas. Durante o ano passado, Neil supôs que o amor era como um líquido sendo derramado em um frasco e que, quanto mais tempo você amasse, mais cheio o frasco ficaria, até estar completamente cheio. A verdade é que, com o tempo, o frasco também se expande. Você cresce. Sua vida se amplia. E você não pode esperar que só o amor de seu companheiro o preencha.

Sempre vai haver espaço para outras coisas. E esse espaço não fica vazio, mas é preenchido por outro elemento. Apesar de o líquido ser mais fácil de enxergar, temos que aprender a apreciar o ar.

Não aprendemos isso de uma vez. Alguns de nós não aprenderam, ou aprenderam e esqueceram quando as coisas ficaram bem ruins. Mas, para todos nós, houve um momento assim: o disco pula, e você tem a chance de se desligar da música ou deixar que toque até o fim, um pouco pior do que estava antes.

— Veja todas essas pessoas — diz Peter para Neil. — Veja isso!

Neil olha para ele e vê um grande nerd bobo. Olha para ele e vê uma pessoa cuja mãe o traria de carro até aqui e buscaria depois. Olha para ele e vê talvez não seu futuro, mas definitivamente seu presente.

Quando Neil contar para Peter o que aconteceu em sua casa de manhã, como vai fazer em 40 segundos, Peter vai primeiro ficar confuso e magoado porque Neil não contou imediatamente. Neil vai ver isso, mas não vai pedir desculpas. Em cinco minutos, Peter não vai mais ligar, porque vai querer saber tudo que aconteceu, vai querer estar lá com Neil, mesmo depois do fato, para dar apoio. Ele vai abraçar Neil com força, e Neil vai abraçá-lo também, e mais amor vai entrar em cada frasco, e cada um dos frascos vai se expandir mais um pouco.

— Estragando? — pergunta Ryan. Quando ele começa a falar, não está mesmo entendendo o que Avery quer dizer, mas quando chega ao ponto de interrogação, já entendeu. Então, antes que Avery possa responder, ele diz:

— Ah. É.

— Quero o dia de volta — diz Avery.

E Ryan, na defensiva, responde:

— Não fui eu que tirei da gente.

Assim que ele diz isso, sabemos que Ryan tem que tomar uma decisão, e é uma decisão importante. Porque, se ele tomar a decisão errada agora, há uma boa chance de que vá continuar tomando a mesma sempre. Aqueles de nós que morreram com raiva conseguem reconhecer o padrão. É injusto que Ryan precise tomar essa decisão; ele está completamente certo quando diz que o dia foi tirado dele. Mas agora está em suas mãos recuperá-lo. Ele só precisa superar a raiva para conseguir isso.

Avery não sabe o quanto as apostas estão altas. Ele só sabe que, se Ryan ficar assim, ele não vai ficar em Kindling por muito mais tempo. Ele sabe que é uma pena, mas também é verdade.

— Por favor — diz ele. Para Ryan. Para o universo.

Ryan bate com a cabeça no apoio do banco do passageiro. Em seguida, vira-se e olha nos olhos de Avery.

— Me desculpe — diz ele. — De verdade, me desculpe. Sou tão idiota.

— Tudo bem. Não passamos ainda do ponto sem volta.

Ryan balança a cabeça.

— É, mas eu quase coloquei a gente lá, né?

Seu celular toca no bolso e ele o pega. Quando vê a tela, ele ri. Mostra para Avery; é uma mensagem de Alicia.

Você está estragando tudo, garoto. Não seja idiota.

— Acho que ela gostou de você — diz Ryan.

— Eu gostei dela — diz Avery. — De todos eles.

— Até de Dez?

— Oitenta por cento.

Ryan concorda.

— Parece certo. E em que posição eu estava dois minutos atrás?

— Quarenta por cento? Trinta e sete?

— O que devemos fazer então? Quero voltar pros noventa por cento.

O que você quer fazer?

Não sei. O que você quer fazer?

Desta vez, Avery responde.

— Vamos pegar o barco da sua tia — diz ele. — Quero voltar pra água.

Não é que Ryan tenha esquecido. E certamente não esqueceu. Mas lembrou: ele só tem mais um ano disso. Skylar e os amigos nunca vão embora. Mas Ryan vai. Mesmo que seja tão simples quanto fugir com um garoto de cabelo rosa.

Enquanto isso, Harry não consegue mais aguentar. Simplesmente não consegue. Seu corpo toma a decisão por ele, e, bem ali, na frente de todo mundo, ele faz xixi na calça. Quando começa, é quase impossível parar. Horrorizado, ele sente a cueca ficar molhada. A parte da frente da calça jeans.

* * *

Craig sente Harry ficando tenso e não sabe o que está acontecendo. Nenhum dos dois consegue olhar para baixo, não na posição que estão. Harry desenha um D, depois um E, seguido de S, C, U, L, P e A nas costas de Craig. Ele responde com um ponto de interrogação. Harry responde com um X, e, em vez de sentir nojo, Craig dá uma gargalhada sufocada.

Smita repara, mas mais ninguém vê. Harry nem saberia que ela sabe, mas ela anda até mais perto e ajeita o ventilador para que fique soprando na direção da calça dele.

Uma hora. Tudo que eles querem é que falte uma hora. E, de repente, só falta uma hora.

O sol está se pondo, levando um pouco do calor do dia junto. As estações de TV da área estão transmitindo suas reportagens no noticiário nacional. Esta noite, apresentadores de talk-shows da madrugada vão conversar sobre dois garotos se beijando. Placas de estações de rádio vão se acender. A Fox News vai ignorar e depois condenar. Onde quer que esteja, o pai de Craig vai tomar cuidado para que as televisões e os rádios estejam desligados, para que os computadores estejam desconectados do mundo.

Ele não quer que seus outros filhos vejam.

Harry não quer beber mais água e nem energéticos. Como resultado, sente-se tonto. Por mais inacreditável que possa parecer, há momentos em que ele nem sabe direito onde está. Ele bate no próprio peito para ficar acordado.

Cooper se aproxima de uma ponte grande que cobre um rio largo, com uma cidade grande do outro lado. Quando éramos pequenos, essa cena era o que sempre víamos como os créditos de abertura da nossa nova vida. Mesmo aqueles de nós que nasceram na cidade imaginavam isso. Quer nós estivéssemos dirigindo ou no banco de trás de um táxi amarelo, a cidade se abria com suas maravilhas infinitas, cada janela brilhando como um convite, os arranha-céus apontando como setas para as alturas que poderíamos alcançar. Para a maior parte de nós, não foi tão fácil, mas ainda havia a emoção daqueles créditos de abertura para nos sustentar nos momentos difíceis, para segurar nossa fé em uma cidade que não costumava demonstrar muita fé em nós. Mesmo quando estávamos morrendo, nos lembraríamos da primeira chegada, ou nos lembraríamos de como imaginamos que a chegada seria, ou juntávamos as duas coisas, a lembrança e o sonho, formando uma realidade, e isso pareceria muito tempo antes, mas algo que ainda valia a pena revisitar.

Quando Cooper se aproxima da cidade, não conseguimos escapar de sentir um pouco daquela empolgação, de reconhecermos as fugas que fizemos, as linhas de chegada que atravessamos, só para encontrar tantas outras linhas de chegada depois.

Vemos o carro de Cooper no desfile de faróis. Tantos carros. Tantos peregrinos. Mas o carro de Cooper se liberta. Os faróis mudam de direção. Vemos quando ele sai da fila do pedágio e segue para a estrada. Bem debaixo da ponte, perto do pilar que sobe do chão, ele para. Desliga a ignição. Sai do carro.

Ele está estacionado ilegalmente e não se importa. A placa ali diz PROIBIDO ESTACIONAR EM QUALQUER HORÁRIO. Ele fecha a porta do carro, mas não tranca. E, sem olhar para trás, segue para a ponte. Nós espiamos dentro do carro e vemos a carteira dele no banco do passageiro. O carregador do celular. Alguns recibos e dinheiro trocado. Ele deixou tudo para trás, menos o celular, que levou consigo.

Nossa primeira reação é: *Não deixe sua carteira em um carro destrancado.*

Mas então, recuamos. Temos que recuar. Temos que parar de pensar na cidade, de lembrar da cidade. Temos que nos concentrar. Até esse momento, dava para acreditar que ele estava indo em outra direção. Mas agora, só há uma direção.

Nós gritamos para ele, gritamos atrás dele. Apesar de não termos mais vozes, gritamos com todo nosso fôlego. Nós nos unimos em um coro desajeitado, e com agonia ouvimos o nada que sai dos nossos lábios. Tentamos bloquear a passagem dele, mas ele passa diretamente através de nós. Tentamos bater no carro dele, chamar a atenção, mas não podemos fazer nada.

Carros passam. Para eles, não passa de outro adolescente. Que foi caminhar. Atravessar a ponte. Eles o veem jogar alguma coisa no rio. Não percebem que é o celular.

Tentamos pegá-lo. Não conseguimos pegá-lo.

Ele sente a amurada sob as mãos. Não. A amurada está sob as mãos dele, mas ele não a sente de verdade. Ele anda na direção do meio da ponte. Vai demorar uns dois minutos para chegar lá. Talvez três. Ele não está com pressa. Vê a água escura ondulando bem abaixo.

Ele não consegue ver sua mãe chorando no quarto. Independentemente do que o pai diga, ela não solta o celular.

Nós gritamos com ele. Imploramos. Suplicamos. Berramos. Explicamos. Nossas vidas foram curtas, e jamais desejaríamos que fossem mais curtas. Às vezes, a perspectiva chega tarde demais. Você não pode confiar em si mesmo. Você acha que pode, mas não pode. Não por ser egoísta. Você não pode viver por causa de outra pessoa. Por mais que queira, você não pode ficar vivo só porque outras pessoas querem você vivo. Não pode ficar vivo por seus pais. Não pode ficar vivo por seus amigos. E você não tem responsabilidade de ficar vivo por causa dessas pessoas. Não tem responsabilidade de viver com ninguém além de você mesmo.

Mas eu estou morto, ele diria para nós. *Eu já estou morto.*

Não, nós argumentaríamos. *Você não está.* Sabemos como é estar vivo no presente, mas morto no futuro. Mas você é o oposto. Seu eu futuro ainda está vivo. Você tem uma responsabilidade com seu eu futuro, que é uma pessoa que você talvez nem conheça, talvez ainda não compreenda. Porque, até você morrer, esse eu futuro tem tanta vida quanto você.

Conseguimos ver esse eu futuro. Mesmo que você não consiga. Conseguimos vê-lo. Ele é feito não só da sua alma presente, mas de todas as nossas almas, de todas as nossas possibilidades, de todas as nossas mortes. Ele é o oposto de nossa negação.

Você não é imprestável, gritamos para Cooper. Sua vida não é descartável.

Você acha que não faz sentido.

Você acha que nunca vai encontrar um lugar.

Você acha que sua dor é a única emoção que vai sentir. Você acha que mais nada vai chegar perto de ser tão forte quanto essa dor.

Você tem certeza disso.

Nesse minuto, agorinha, o minuto mais importante da sua vida, você tem certeza de que tem que morrer.

Você não vê opção.

Você precisa acordar, nós gritamos.

Escute-nos. Exigimos inutilmente que você nos escute. Nós cagamos sangue e tivemos nossa pele lacerada e rasgada por lesões. Cresceu fungo em nossas gargantas, debaixo de nossas unhas. Perdemos a capacidade de ver, de falar, de nos alimentar sozinhos. Nós tossimos pedaços de nós mesmos e sentimos nosso sangue virar magma. Perdemos o uso dos músculos, e nossos corpos foram reduzidos a uma coleção de ossos envoltos por pele. Ficamos irreconhecíveis, diminuídos e destruídos. Nossos amores tiveram que nos ver morrer. Nossos amigos tiveram que ver o enfermeiro mudar nossos cateteres, tiveram que tentar afastar a imagem de quando nos colocaram no caixão, debaixo da terra. Nunca mais vamos beijar nossas mães. Nunca mais vamos ver nossos pais. Nunca mais vamos sentir ar em nossos pulmões. Nunca mais vamos ouvir o som das nossas vozes. Nunca mais vamos sentir neve, nem areia, nem participar de nenhuma conversa. Tudo foi tirado de nós, e sentimos falta. Sentimos falta de tudo. Mesmo se você não consegue sentir agora, está tudo aí, para você.

Cooper está se aproximando do centro da ponte. Carros continuam a passar por ele; quando um caminhão passa, ele sente a ponte tremer, sente o ar ser deslocado. Isso ele sente. Mesmo tendo se fechado em sua decisão, ele ainda está no mundo.

O último minuto.

Os últimos trinta segundos.

Nossos finais nunca foram tão precisos.

Temos vontade de fechar os olhos. Por que não podemos fechar os olhos? Não fizemos nada além de sonhar e amar e transar; por que fomos banidos para cá, por que o mundo ainda não solucionou isso? Por que temos que ver Cooper subir na amurada? Por que temos que ver um garoto de 12 anos colocar uma arma na cabeça e puxar o gatilho? Por que temos que ver um garoto de 14 anos se enforcar na garagem e ser encontrado pela avó duas horas depois? Por que temos que ver um garoto de 19 anos enforcado às margens de uma estrada vazia, deixado para morrer? Por que temos que ver um garoto de 13 anos encher a barriga de comprimidos e colocar um saco plástico na cabeça? Por que temos que vê-lo vomitar e se engasgar?

Por que precisamos ficar morrendo e morrendo de novo?

Cooper se joga no ar. Aqui estamos nós, milhares de nós, gritando não, gritando para que pare, berrando e fazendo uma rede com nossos corpos, tentando ficar entre ele e a água, apesar de sabermos (sempre sabemos) que, por mais que façamos uma rede apertada, por mais que nos esforcemos, ele ainda vai passar direto.

Morremos e morremos de novo.

E de novo e de novo.

Cooper pula da amurada, mas é empurrado pela lateral. Antes que possa entender o que está acontecendo, antes que possamos saber o que está acontecendo, ele está sendo puxado para o chão, preso, imobilizado. Ele grita, mas o grito é ignorado. Um motorista, ao ver o que estava acontecendo, freia de repente, e o carro atrás quase bate nele. Cooper está lutando. Cooper está tentando se levantar, mas o homem em cima dele está dizendo para ele não se mexer, para ficar parado, para ficar ali. Cooper sente o homem segurando-o, sente que o homem não solta. Eles se olham ao mesmo tempo. Cooper vê um uniforme, um distintivo; um guarda de trânsito. O guarda vê Cooper e diz:

— Nossa, você é só um garoto.

Outras pessoas estão correndo até lá, estão perguntando qual é o problema, estão perguntado ao guarda se ele precisa de ajuda. Cooper começa a tremer, com todas as emoções explodindo ao mesmo tempo. Raiva e tristeza por ter sido impedido. Humilhação. Desprezo próprio, pois não conseguiu nem fazer isso direito. E, bem lá dentro, uma voz baixinha de alívio.

O guarda ainda está segurando a carteira que encontrou no carro. Sem soltar Cooper, ele entrega a carteira para a mulher preocupada ao lado dele e pede que ela lhe diga o nome do garoto. Ela faz isso, e então o guarda tira um pouco do peso de cima de Cooper e o vira, para poder olhar em olhos.

— Pode não parecer — diz o guarda —, mas, Cooper, hoje é seu dia de sorte.

Isso não traz de volta o garoto de 12 anos que apontou uma arma para a cabeça. Não traz de volta o garoto de 14 que se enforcou. Não traz de volta o garoto de 19 enforcado às margens de uma estrada vazia, deixado para morrer. Não traz de volta o garoto de 13 anos com a barriga cheia de comprimidos. Não traz de volta nenhum de nós.

Mas traz Cooper de volta.

A menos de uma hora de carro, Craig e Harry chegam na hora final, com Neil e Peter assistindo do meio da multidão.

Craig se sente estranhamente desperto, imensamente vivo. Seu corpo dói, sua mente está sobrecarregada e o ar está com cheiro de suor e xixi, mas, depois de 31 horas, ele não consegue ver a si mesmo e nem Harry desabando antes de eles completarem 32 horas, 12 minutos e 10 segundos. Ele está até se permitindo olhar para as pessoas, acenar para quem está comemorando e para as câmeras que se reuniram.

Mas Harry sente que seu corpo está quase falhando. Ele não consegue suportar a ideia de mais um minuto disso. De uma forma distorcida, nós sabemos o que ele está sentindo. Quando nossos corpos estavam falhando, nós costumávamos sentir como se o espaço entre as respirações durasse séculos. E o sono acabava em um piscar de olhos, deixando-nos mais cansados do que nunca.

Ele já tentou balançar as pernas, mover as pernas. Fazer os pequenos exercícios que planejou. Mas chegou ao limite. Ele não aguenta mais. Não consegue imaginar decepcionar todas essas pessoas, não consegue imaginar decepcionar seus pais e, mais do que tudo, Craig. Mas não consegue imaginar mais 56 minutos disso. Ele está tentando pensar em uma forma de comunicar isso a Craig. Está tentando pensar em uma forma de pedir perdão antes de parar. Ele precisa de uma pausa. Precisa de alguma coisa.

Por desespero, ele passa os braços ao redor de Craig, puxa-o para perto, aperta-o. Craig faz o mesmo. Primeiro, é só um abraço. Um aconchego. Logo, passa a ser um aperto. Cada vez mais forte. Com toda a energia que sobrou nos dois.

Só que há mais energia depois disso. Porque ele ainda está de pé. Ainda está seguindo em frente. Não está soltando. Nenhum dos dois está soltando. Eles estão tornando a experiência mais intensa. Corredores disparando no final da maratona. Apesar da exaustão, há a necessidade de ir até o fim.

As pessoas atrás gritam mais alto. As pessoas na frente têm uma reação diferente. Tariq está à beira das lágrimas porque consegue ver como os amigos estão sofrendo, consegue ver a luta deles. O Sr. e a Sra. Ramirez precisam lutar contra o instinto de manter Harry em segurança, de protegê-lo de qualquer dor. Smita tem medo do que vai acontecer se eles não conseguirem, de como vão lidar com esse tipo de fracasso. Claro, as pessoas vão dizer que é incrível eles terem chegado tão longe. Mas ainda será um fracasso.

Harry não precisa desenhar nenhuma letra nas costas de Craig para saber que ele vai ter que aguentar firme pelo tempo que falta. As coisas estão assim agora. Então, Craig o segura com força. E, ao fazer isso, tenta absorver todas as sensações, todas as coisas que está vendo e sentindo e ouvindo. Nada assim vai acontecer de novo a ele, e ele quer lembrar-se de tudo. E nada assim vai acontecer de novo a ele e Harry, um fato que ele está tentando encaixar no contexto de seu amor por Harry. Agora que eles compartilharam isso, seria natural querer tentar de novo. E parte de Craig *quer* tentar de novo, quer ver se existe alguma forma de carregar parte dessa intensidade para a vida real. Mas ele também se lembra do que Harry disse para ele quando eles estavam terminando, que eles ainda seriam importantes um para o outro e que isso era o principal. Craig não quis ouvir naquele momento e não gostaria que fosse repetido agora. Mas também sabe que é verdade.

Agora ele está de volta à pergunta de por que fez essa coisa louca. Por causa de todas as equipes de filmagem, ele sabe que a história vai se espalhar e torce para que talvez deixe as pessoas com um pouco menos de medo do que antes de dois garotos se beijando e que as deixe mais abertas à ideia de que todas as pessoas nascem iguais, independentemente de quem beijam ou com quem transam, independentemente dos sonhos que têm e do amor que distribuem. Tem isso. Mas esse não é um motivo pessoal. Qual é seu motivo pessoal? Se não é voltar com Harry. Se não é fazer sua família ver quem ele é e tê-los torcendo por ele.

O que Craig descobre quando tira todas essas pessoas da equação é a única variável dele mesmo. Ele percebe: está fazendo isso por si. Não por glória. Não por popularidade. Nem mesmo por admiração. Ele está fazendo porque se sente vivo. Há tantos minutos e horas e dias que passamos sem dar importância à vida, sem senti-la direito, só seguindo em frente. Mas há momentos assim, em que a sensação viva da vida é cristalina, palpável, inegável. É a boia final contra o afogamento. É a graça salvadora.

Quarenta e dois. Trinta e quatro. Vinte e seis! A multidão grita os números em intervalos de um minuto. Eles chegam a Harry como a temperatura, mas ele precisa ficar concentrado no beijo, em garantir que seus lábios fiquem unidos aos de Craig. Ele tem certeza de que, se Craig o soltar, ele vai cair no chão.

Vinte e dois! Dezenove!

Um carro para ao lado da ponte George Washington, e os pais de Cooper saem correndo. Eles encontram o filho sentado em uma guarita de segurança, com um guarda de trânsito ao lado que o deixa ficar em silêncio. Não deveria ser o caso, mas, naquele momento, eles nunca o amaram mais.

Dezessete! Dezesseis!

Alegremente, alegremente, um garoto de cabelo azul e um garoto de cabelo rosa remam em um rio tranquilo, ao som da serenata composta pela conversa deles mesmos. Esse agora é o lugar deles. Eles voltarão muitas vezes.

Treze! Doze!

Queríamos ter podido estar presentes para ajudar vocês. Não tivemos muitos modelos, nos apegamos ao amor tolo de Oscar Wilde e à saudade bem traduzida em versos de Walt Whitman porque não havia mais ninguém para nos mostrar um caminho sem tortura. Nós seríamos o modelo para vocês. Nós daríamos a vocês a arte e a música e a confiança e o abrigo e um mundo muito melhor. Os que sobreviveram viveram para fazer isso. Mas nós não estamos presentes para dar apoio a vocês. Nós estamos aqui. Vendo vocês se tornarem os modelos.

Dez! Nove!

Neil e Peter gritam os números com todo mundo. Eles ficam de mãos dadas, sentindo-se como se estivessem testemunhando uma coisa monumental, uma coisa que poderia mudar tudo. Não vai, mas essa sensação, esse espírito vai seguir vivendo em todo mundo presente, principalmente quem assiste. O espírito vai mudar as coisas.

Oito! Sete! Seis!

Tariq vê que há quase meio milhão de pessoas ao redor do mundo vendo isso. Mas ele para de olhar para o computador e olha diretamente para a vida.

Cinco! Quatro!

Vamos conseguir fazer isso, pensa Harry.

Três! Dois!

Estou vivo, pensa Craig.

Um.

Nós observamos vocês, mas não podemos intervir. Já fizemos nossa parte. Assim como vocês estão fazendo a sua, quer saibam ou não, quer pretendam ou não, quer queiram ou não.

Escolham suas ações com sabedoria.

Vai chegar uma época, talvez mesmo quando vocês estiverem lendo isso, em que as pessoas não vão mais estar no Facebook. Vai chegar uma época em que as estrelas do seu programa de TV adolescente favorito vão ter 60 anos. Vai chegar uma época em que vocês terão os mesmos direitos inalienáveis de seus amigos mais héteros. (Talvez antes de qualquer uma das estrelas do seu programa de TV adolescente favorito chegar aos 60 anos.) Vai chegar uma época em que o baile gay não vai precisar ser separado. Vai chegar uma época em que vocês vão olhar para alguém mais novo e sentir que ele ou ela vai saber mais do que você durante toda a sua vida. Vai chegar uma época em que vocês vão ter medo de ser esquecidos. Vai chegar uma época em que o evangelho vai ter sido reescrito.

Se vocês fizerem tudo direito, a próxima geração vai ter tantas coisas mais do que vocês.

Cooper vai viver para conhecer seu eu futuro.

Vocês todos deveriam viver para conhecer seus eus futuros.

* * *

Nós vimos nossos amigos morrerem. Mas também vemos nossos amigos viverem. Tantos deles estão vivos, e costumamos brindar às vidas longas e plenas deles. Eles nos levam em frente.

Há o repentino. Há o definitivo.
Mas, entre eles, há a vida.

Não começamos como pó. Não terminamos como pó. Nós fazemos mais do que pó.

É tudo que pedimos a vocês. Façam mais do que pó.

Nota do autor e agradecimentos

No dia 18 de setembro de 2010, os universitários Matty Daley e Bobby Canciello se beijaram por 32 horas, 30 minutos e 47 segundos (mais tempo do que os personagens deste livro) para quebrar o recorde do *Guinness World Records* de beijo mais longo do mundo. Sou apenas uma das muitas pessoas inspiradas pelo que eles fizeram. Apesar de os personagens deste livro não serem em nada baseados em Matty e Bobby, a história é inspirada no que eles fizeram. Agradeço a Matty por me contar como foi e por continuar a inspirar.

No dia 22 de setembro de 2010, quatro dias depois do beijo de Matty e Bobby, outro estudante chamado Tyler Clementi se matou pulando da ponte George Washington. Ele frequentava uma faculdade a meia hora de distância da de Matty e Bobby. Apesar de essa justaposição ter influenciado o livro, quero deixar claro que, com exceção da ponte, não pretendi descrever nenhuma das circunstâncias do que aconteceu a Tyler Clementi neste livro. Essa história é só dele, e eu jamais presumiria conhecê-la.

Em determinado momento de 2008, Michael Cart me pediu para participar de uma nova antologia que estava preparando. Ele estava reunindo autores para escreverem sobre a vida LGBT atualmente, e, assim que falei sim (e isso era uma conclusão inevitável; eu escreveria sobre praticamente qualquer coisa para Michael Cart), senti o desafio da tarefa. No final, decidi escrever uma história sobre a geração de homens gays que existiu antes de mim olhando para a geração de homens gays que veio depois de mim. (Minha "geração" gay é bem curta; atingi a maioridade nos cinco ou seis anos que existiram entre o pico da epidemia de AIDS e a proliferação da internet, sendo que a primeira coisa definiu a geração antes de mim e a segunda definiu a geração depois de mim.) A voz deste livro e suas primeiras páginas começaram sendo aquela história, na antologia que acabaria sendo intitulada *How Beautiful the Ordinary*. Este livro não existiria se Michael não tivesse me pedido para escrever a história. Ele tem sido um defensor tão generoso do que escrevo, e agora tenho mais um motivo para ser grato a ele.

Enquanto eu estava na faculdade nos anos 1990, meu tio Bobby chegou muito perto de morrer de AIDS. Agora, vinte anos depois, posso andar na Broadway com meus melhores amigos, e um homem estiloso e sorridente passa em seu Segway a caminho do trabalho, e um dos meus melhores amigos olha e diz: "Olha, é tio Bobby!" Bobby já escreveu parte da história dele (quando você for pesquisar no Google, procure Robert Levithan, não Bobby), e não tenho dúvida de que vai escrever muito mais no futuro próximo. Espero com ansiedade a hora de poder ler.

No dia 12 de novembro de 2010, meu melhor amigo, Billy Merrell, casou-se legalmente com seu já marido Nico Medina, no distrito de Columbia. Depois da cerimônia, o grupo que foi ao casamento foi ver HIDE/SEEK, a primeira exposição "gay classificada como gay" na história do Smithsonian. Um dos quadros era *We Two Boys Toge-*

ther Clinging, de David Hockney. O título, como explicava a plaquinha ao lado do quadro, vinha de um poema de Walt Whitman. Pensei na mesma hora no beijo de Matty e Bobby, tanto que depois me lembrei da expressão como sendo "Nós dois garotos se beijando", que se tornou a inspiração para o título deste livro. Uma lembrança errada de Whitman levou a Hockney, um dia de casamento e um beijo de 32 horas... As pessoas me perguntam com frequência de onde vêm minhas ideias, e essa é uma boa representação de qual poderia ser a resposta.

Em 2012, enquanto eu estava trabalhando neste livro, fiz uma coisa que nunca tinha feito antes: li-o em voz alta para uma pessoa enquanto ainda estava em desenvolvimento. Essa pessoa foi Joel Pavelski, e essas leituras aconteceram em muitos espaços públicos da cidade de Nova York, com o final tendo a vista do oceano Pacífico. Obrigado por ouvir, Joel. E agradeço também a Nick Eliopulos e David Barrett Graver, que me deram feedback importante quando ele ainda estava em forma de manuscrito; a Melina Marchetta, que foi a companheira de jantar certa para um dia em que eu precisava muito falar sobre o final; e a Libba Bray, por ser Libba Bray.

Minha editora, Nancy Hinkel, é um motivo melhor para pular de alegria do que um garoto bonito de cueca... e, como Stephin Merritt sabe, isso significa muito. Neste livro, completo dez anos de gratidão a ela e a toda a equipe da Random House, incluindo (mas de forma alguma limitado a) Lauren Donovan, Isabel Warren-Lynch, Stephen Brown, Adrienne Waintraub, Tracy Lerner e Lisa Nadel. Também sou grato aos esforços de Bill Clegg, Alicia Gordon, Shaun Dolan e todos da WMEE. Obrigado a

Evan Walsh por capturar perfeitamente o livro na foto da capa.

Este não é um livro que eu poderia ter escrito dez anos atrás. E, por mais que eu adorasse creditar isso a meu crescimento como escritor, sei que não é isso. É por causa de todas as pessoas que conheci e com quem conversei como autor. E, com o mesmo grau de importância, por causa de todas as coisas a que fui exposto como leitor, particularmente na área de livros para jovens adultos. Tenho muita sorte de fazer parte de um grupo de escritores que me inspira constantemente a escrever o que quero, por mais difícil que pareça. Meus colegas são meus modelos, e meus modelos são meus colegas. Isso é extraordinário.

Agradeço como sempre aos meus pais, à minha família, aos meus amigos e aos meus leitores.

Por fim, agradeço a todos os modelos que nunca tive chance de conhecer.

Para mais informações e uma lista de livros que me inspiraram e contribuíram para este livro, visitem davidlevithan.com/twoboyskissing.

Este livro foi composto na tipologia
Berling LT Std, em corpo 11/15,1, e impresso em
papel off-white no Sistema Digital Instant Duplex
da Divisão Gráfica da Distribuidora Record.